LE FENI

I NARRATORI

Disegno e grafica di copertina di Guido Scarabottolo

Visita *www.InfiniteStorie.it*
il grande portale del romanzo

ISBN 88-8246-848-8

© Longanesi & C. 1997
Edizione su licenza della Longanesi & C.
Prima edizione Ugo Guanda Editore – Le Fenici Tascabili novembre 2005
www.guanda.it

MARTA MORAZZONI
IL CASO COURRIER

Postfazione di Giovanni Pacchiano

UGO GUANDA EDITORE
IN PARMA

Il caso Courrier

A Maud, Luciano e a tutti noi,
cospiratori di una sera d'autunno.

Prologo

Il caso Courrier scoppiò in modo del tutto inatteso nel 1917, in un villaggio dell'Alvernia. Il villaggio non aveva in sé rilevanza alcuna, non possedeva niente di notevole, tranne una bella chiesa romanica. La possiede tuttora, e se anzi a qualcuno capitasse di viaggiare da quelle parti, magari in estate, perché in inverno nevica in modo potente e non è affatto agevole... Ma questo non ha relazione col caso che scoppiò nel 1917, sebbene, a pensarci, anche allora fosse inverno e fosse giusto finita una di quelle nevicate. Per inciso, sotto la neve la chiesa prende un rilievo straordinario, così scura e forte sulla piazzetta imbiancata! Converrebbe osare, nonostante il disagio... Comunque, era il penultimo anno di guerra, un anno durissimo per il clima, per lo stremo delle forze della nazione. Sebbene nel villaggio dell'Alvernia, dove il caso Courrier scoppiò con tale fragore di granata, la guerra avesse una risonanza relativa; a distanza queste cose sembrano sempre più tremende di come sono in realtà, in certe realtà almeno.

All'epoca del caso, che a ben guardare a Parigi non sarebbe stato mai « un caso », ma un'ordinaria amministrazione; è proprio vero che tutto dipende dal quando e dal dove le cose succedono, molto più che dal come. Del resto un villaggio, come dicono laggiù, è un luogo che fisiologicamente richiede certe eruzioni cutanee di notizie e relativa deflagrazione. Ecco perché la faccenda assunse, in quel 1917, penultimo anno di guerra, un tale rilievo.

All'epoca del caso, dicevo, Alphonse Courrier governava il suo negozio di ferramenta. Un negozio che da solo valeva il paese: imponente e scuro, fasciato di scaffali e cassetti di legno che arrivavano al soffitto, era percorso a tre quarti di altezza da un corrimano metallico a cui si appoggiavano le scale a pioli che correvano per tutta la lunghezza della parete. I due commessi rischiavano audacemente le gambe su e giù per quelle trappole, soprattutto il più anziano dei due, che l'agilità soccorreva meno, ma la cui solerzia sopperiva ai problemi dell'età. Raramente Courrier in persona si serviva di quelle scale. Insieme al negozio e alla chiesa romanica, che contiene una deliziosa piccola statua della Madonna in trono, caso mai a qualcuno capitasse... Insieme a queste cose, dicevo, lui, Alphonse Courrier, rappresentava la terza meraviglia del paese, la terza in ordine di apparizione, perché il negozio stava di fronte alla chiesa (e la chiesa è la prima cosa che si vede, non appena si arrivi al villaggio) e lui stava di solito dentro il suo negozio, nei giorni di lavoro. Ognuno poi distribuisca le priorità come crede a questo ben di Dio. Per tutto il 1917 Alphonse Courrier ebbe cinquant'anni, giusti giusti, perché era nato il primo di gennaio. Un bell'uomo: non alto, ma ben fatto, forte senza essere massiccio, aveva una certa signorilità che non diresti di uno di paese. Il meglio di lui era concentrato nella faccia, i lineamenti regolari, gli occhi di quel ceruleo acuto, non sciapo come tante volte succede nei biondi dallo sguardo troppo chiaro, che ammiccavano dietro lenti cerchiate di un filo d'oro, e l'oro di un cenno di barba corta e curata che nascondeva forse un mento un po' irregolare. I capelli, è vero, denunciavano qua e là qualche defezione, e del resto erano già troppo chiari per dirsi ancora biondi. Dettagli che, nell'insieme, nonché guastare l'effetto, gli facevano da rinforzo.

Entrando nella bottega di fronte alla chiesa, sembrava di finire in un antro buio la cui sola luce era, a quel tempo, il tepore d'oro del volto di Alphonse Courrier.

Faceva il suo mestiere con una abilità senza uguali; nemmeno il più esperto ferramenta parigino gli sarebbe stato pari. L'abilità stava nel dare a vedere che di vendere non gli importasse niente, e che meno di niente lo commuovesse il denaro, che metteva in cassa quasi con distrazione;

non lo contava mai davanti ai clienti, però si capiva che il mestiere non gli dispiaceva, che avere in bottega tutto quel che gli si potesse chiedere era la sua soddisfazione. Quel negozio l'aveva inventato lui, anni e anni prima, quando nel villaggio non c'era niente di simile, e la gente del posto era convinta di non averne neanche bisogno.

A proposito di quel tepore d'oro che dicevo qualche riga fa, che rischiarava il fondo scuro dell'antro, il volto di Alphonse Courrier appunto; ecco, si illuminava anche col punto di rosso della brace del sigaro da cui lui non si separava mai: lo teneva tra le labbra più per compagnia che per vizio. Gli stava bene anche quello. Chiudo l'inciso, ma era necessario per non perdere un dettaglio; e nella vita di un villaggio cos'è più indispensabile di un dettaglio?

Appunto, il villaggio aveva creduto di non aver bisogno di una bottega di ferramenta fin quando Courrier – era il 1900 – gliene aprì una. È ovvio che la storia del paese si dividesse tra « prima » e « dopo » il negozio di Courrier, tra « quando dovevi passare la collina per avere un falcetto come Dio comanda » e oggi, « che ci puoi mandare il bambino a prenderlo, e poi entri a pagare tu, quando ti è comodo ». Un altro mondo! Alphonse Courrier ci aveva visto giusto, visto lungo, soprattutto. Questo era uno dei suoi meriti.

Il capitolo negozio era stato abbastanza semplice da aprire; accadde che egli aveva trentatré anni e una certa disponibilità di liquidi, oltre che la dovuta intraprendenza. Comperò il magazzino dal panettiere, che stava fallendo; è facile che un panettiere di paese fallisca e un ferramenta ne prenda il posto! C'era del coraggio, o dell'incoscienza, in tutto questo. Di solito si dice salomonicamente che c'erano tutti e due, ma non è vero; Alphonse Courrier era un uomo di testa, e il suo era stato il coraggio del calcolo. Così fossero calcolatori gli uomini al mondo, sempre, invece che ingenuamente generosi, o presunti tali.

Era un uomo di cultura, relativamente al paese, è naturale, sicché aprì la sua bottega il 21 marzo, primo giorno della primavera, perché quella è la stagione propizia a cominciare le cose; lo dice il poeta Dante, in uno di quei passi che anche un bambino francese di una scuola di provincia legge. La chiama, Dante, « la dolce stagione » e il piccolo Courrier si era ficcato in testa questo indizio, come un segno per quando avesse dovuto, anche lui, intraprendere qualcosa di importante.

Quando si affacciò la prima volta alla soglia del suo negozio, lo si sarebbe potuto dire meno bello di come si presentava in quel 1917; l'oro ha bisogno di una certa patina, il velo del tempo che offusca il luccichio e lo rende meno volgare, ecco. Nel 1900 Alphonse Courrier luccicava molto.

Il capitolo matrimonio gli fu meno semplice da aprire.

Il problema, se di problema possiamo parlare,

11

stava nel fatto che una scelta simile, ben lungi dall'essere un fatto privato, come ci si ostina a credere, coinvolgeva invece tutto il villaggio. Alphonse Courrier, poniamo, ha scelto una donna (la sua avvenenza di trentenne glielo permetteva largamente...) e tutto il paese si domanda, indaga, se sia la scelta giusta. Le donne cui si era consegnato per passione erano una questione personale, e tali rimanevano, ma il matrimonio è altro. Intanto prescinde dall'amore, e questo a Courrier fu chiaro subito. Sposarsi è una cosa seria; l'amore è del tutto inaffidabile, non contempla nei suoi parametri il concetto di durata. Su questo punto, invece, Courrier era inflessibile: si trattava di cosa da farsi una volta per tutte. Non era un problema di chiesa e di sacramenti, puro complemento ornamentale, necessario quanto si voleva, ma di una necessità, per così dire, estetica. Era una questione tecnica, che chiunque, con un minimo di buon senso, avrebbe condiviso. Una moglie voleva dire la stessa casa, lo stesso letto, gli stessi soldi; Courrier era lontano dalla venalità, lo sapevano tutti, ma non dalla ragionevolezza. Ecco perché una moglie richiedeva anche il consenso del paese, che nella scelta avrebbe riconosciuto, approvato, apprezzato l'uomo di senno, di affari e di gusto.

Fu un capitolo lungo e lento ad aprirsi, un campo minato; ma anche qui, con piedi di piombo, si mosse bene; non aver fretta gli fu fatale, nel senso che il fato, giustamente, giocò a suo favore. Il celibato non gli pesava, per ovvie ragioni, ma poiché sapeva che a un certo momento doveva finire, a quel momento non poteva arrivare impreparato. Anche da ragazzino, a scuola, detestava non essere preparato al momento giusto. Le cattive figure possono, quelle sì, rovinarti la vita. Come gli era successo quando aveva appena otto anni, e faceva la seconda classe della scuola primaria; nella stessa aula con lui c'erano bambini più grandi, già di terza, e gli mettevano una certa soggezione. Un pomeriggio, probabilmente lui ne ricordava ancora la data, stava facendo un compito di geografia, doveva scrivere i nomi dei paesi che confinavano con il suo, andando in ordine da nord a ovest, a sud, a est. Era un compito difficile, e Alphonse era concentrato sulla fascia est, dove i paesi erano due, che si affiancavano per due strisce sottili di terra, una delle quali era proprietà di un suo zio. Pochi altri bambini sapevano che quel tal paese si allungava fin lì, incuneando in quello spigolo un suo dito. Un dettaglio che al piccolo Courrier sarebbe valso una nota di merito su tutta la classe, anche sui grandi di terza. All'improvviso gli venne la candela al naso. Tirò su per non perdere tempo, ma il calore scivoloso del muco non rientrò del tutto, l'umidiccio stanziava ancora nel canaletto sotto le narici. Depose la penna, la asciugò bene per non macchiare intorno e poi, magari sbadatamente, appoggiare sopra il foglio, e cercò il fazzoletto. Non ce l'aveva. Al momento il dorso della mano andò bene, ma non per molto, e poi non asciugava, al più uniformemente spandeva. Tirò su di nuovo con tutte le sue forze, riprendendo in mano la penna, ma non aveva sufficiente energia aspirante, e se il problema era grave prima, ora era irreparabile. E poi lo deconcentrava; il nome del paese dello zio... non ricordava più se avesse o no la « s » finale, e questo comprometteva tutto. Il sapore viscido del muco sul labbro superiore gli invadeva il cervello; poi, come in una nebbia, si accorse di aver afferrato una specie di straccio sporco, molto usato, che il suo compagno di banco, per un istinto di carità, gli stava allungando. Si asciugò così male che un po' di muco gli cadde sul foglio, non c'era tempo di ricopiare, e poi il foglio era uno solo. Lo guardò: sotto la striscia viscida si intraleggeva il nome dell'altro paese, quello che tutti sapevano di certo. Anche i piccoli di prima.

Fu, quell'episodio, una lezione di vita che il giovane Courrier non dimenticò mai più, e non solo in relazione al fazzoletto.

Non volle mai più essere colto di sorpresa. Sarebbe interessante poter percorrere a uno a uno gli anni che vanno dall'episodio del fazzoletto ai cinquanta del 1917 in questione, per verificare come davvero le carte del gioco non gli fossero che molto raramente sfuggite di mano. Capisco che sarebbe un esercizio noioso, tuttavia, potendo, avrebbe un suo interesse, spiegherebbe almeno quello che invece sembrò sorprendere il paese intero. Ma ora ci arriviamo.

Eravamo al progetto del matrimonio, appunto, che si muoveva lento e meditato. I trentatré anni gli stavano bene addosso, li dimostrava tutti, non uno di meno, ed era un pregio, perché aveva quel tanto di virilità matura che affascina, in modi diversi, uomini e donne.

L'ultimo amore era stato bellissimo; no, non era bellissima la ragazza, che anzi non la voleva nessuno in paese, perché era rozza, sgraziata; la si sarebbe detta per definizione inadatta all'amore. Ed era vero, ma Alphonse, lungi dal sentimento, dapprima cercò la passione. E quella poveretta, poiché fino lì non l'aveva voluta nessuno, nemmeno per gioco, gliene riversò a quintali di passione addosso, e di dedizione totale. Segreta. Questo era infatti il bello della questione. Il segreto. Fu talmente abile lei, che nessuno sospettò mai quel che poteva succedere tra loro. Non si tradì con le sue amiche, seppe resistere alla tentazione della vanteria, e ne avrebbe avuto diritto, poiché almeno due volte alla settimana si teneva tra le braccia il più bell'uomo del paese. Il quale, a dire il vero, non la guardava molto in viso, non le parlava granché, ma la notte la passava interamente con lei. Per esempio, i primi tempi della bottega, le capitò di essere mandata a comperare

15

qualcosa per la casa o per la campagna di suo padre. E lui, Alphonse, con il sigaro tra i denti e il sorriso sornione che dedicava a tutti, la servì gentile e distaccato, nonostante la bottega fosse vuota e nessun testimone, nemmeno dalla piazza, potesse vedere o sentire alcunché. Quasi che alla luce del giorno non l'avesse riconosciuta!

Il segreto andò avanti per circa due anni, ed era una passione metodica e fedele. Non che Alphonse non avesse nel frattempo osservato altre ragazze interessanti, e sempre non matrimoniabili, che era il requisito fondamentale; ma le considerava in transito nella sua mente, anche quando, a volte, indugiavano più di altre e con più piacere. Il suo corpo si trovava bene in quella fedeltà bisettimanale. E poi lei era a tal punto brava da non aver modificato niente di sé in ragione del loro rapporto. Di solito, di una donna si dice che, per quanto brutta, la sensazione di un amore qualsivoglia la muti un pochino; per esempio le addolcisce lo sguardo, le spiana i lineamenti, la rende sognante. Niente di tutto questo, per fortuna sua e di Alphonse. Niente di tutto questo. Rimase la più brutta ragazza del paese. Probabilmente anche la più felice. Dal trono della sua bruttezza non temeva nessuno, men che mai il passare del tempo che, nonché sottrarle qualcosa, le aggiungeva sicurezza. Ogni notte in più era un guadagno, e del resto in due anni Alphonse non era mancato mai! Quale moglie godeva di un tale privilegio in tutto il paese?

Alphonse, al momento, giunse a chiedere al parroco di spostare la data del matrimonio di due giorni, per non alterare (ma questo non lo disse) la catena del suo rito personale. Certo, sulla necessità di interromperlo, poi, furono d'accordo tutti e due, lei e lui. E fu lì che Alphonse pensò un momento, per gratitudine, persino di amarla. Così, il giorno prima di impalmare la sua sposa ufficiale, consacrò in retrospettiva due anni di clandestinità.

La moglie ufficiale. Una moglie ci vuole per tante ragioni, Courrier le conosceva tutte e le valutava a una a una. Non una donna bella, ma di bella presenza, che è una sfumatura più complessa e sottile. In buona salute, che possibilmente gli stesse accanto tutta la vita; non erano ragioni d'affetto, si capisce, dato che le valutava a priori, bensì di pratica. Lo terrorizzava il pensiero della vedovanza, del ricominciare da capo, del non aver abbastanza affiatamento con la persona (non gli veniva neppure in mente di dire « la donna ») che avrebbe diviso la sua vecchiaia. La trovò nel paese accanto, si chiamava Agnès ed era perfetta.

Strano a dirsi, il capitolo figli lo interessava poco. È il terzo capitolo, mi pare, della sua vita, forse il più delicato e sul quale sapeva quantificare meno. Ci andò cauto. Del resto, l'arte l'aveva appresa benissimo.

Devo chiedere un passo indietro, per un episodio anche qui marginale, ma con una ragion d'essere che non trascuro: la confessione di Alphonse Courrier. Prima del matrimonio celebrato in chiesa, naturalmente ci doveva essere la confessione. Come la più parte degli uomini del paese, Alphonse in chiesa non ci andava mai; non era mica ateo per convinzione o definizione o altro. Solo non entrava in chiesa perché usava poco che gli uomini lo facessero; era parte, lui, di quella metà del gregge del parroco che pasturava fuori, sul sagrato, o negli immediati paraggi. Non c'era per questo conflitto alcuno col pastore, era una pura definizione di spazi e la vigente convenzione, accettata da tutti, li definiva con chiarezza; il parroco era ben accolto, quando stazionava fuori dal suo luogo deputato a conversare con gli uomini. Da lì non si sarebbe mai permesso fervorini o prediche di sorta; chi le voleva, varcava la soglia della chiesa e ne aveva in abbondanza.

Alphonse Courrier varcò quella soglia, col dovuto e sentito rispetto, circa tre giorni prima del suo matrimonio, appunto per la confessione.

1.

« Ti avvicini al sacramento del matrimonio col cuore puro, figlio mio? »

Il blu pervinca degli occhi di Alphonse Courrier si alzò sul volto del parroco, e i due sguardi si incontrarono, ma l'acquosità cerulea dell'anziano poté pochissimo contro il penetrante smalto del giovane; e anzi, il primo dovette chinare lo sguardo, imbarazzato per aver formulato la domanda di rito. Imbarazzato dall'assoluta innocenza inutilmente provocata? O dall'assoluta colpevolezza che rendeva superfluo il chiedere? Fatto sta che sul come Alphonse Courrier andasse verso il matrimonio il parroco non ritenne di dover indagare oltre.

« Quali peccati ricordi, e vuoi confessare? » gli chiese dopo una pausa.

« Sono due cose diverse », rispose dolcemente il promesso sposo.

Courrier portava già gli occhiali cerchiati d'oro e il loro lucore accendeva il buio del confessionale; che poi era un angolo della sagrestia della chiesa di fronte al negozio. Il penitente era in ginocchio, con le braccia comodamente adagiate sul bordo alto dell'inginocchiatoio, una mano a grattarsi il mento e poi a vellicare la spalla sotto la camicia leggera. Era maggio e faceva già un certo caldo.

«Quali peccati confessi?» riformulò il parroco con un sospiro paziente. Erano caduti due verbi, considerò Alphonse, e se ne era modificato uno. Ora le cose stavano diversamente, sul piano del linguaggio. E del resto era lì per assolvere un compito; apposta aveva lasciato un momento il negozio, appendendo alla porta il cartello TORNO SUBITO. Allora non aveva ancora aiutanti. Respirò profondamente e richiamò alla memoria il concetto di peccato che potesse corrispondere a una comune idea sua e del parroco. Per esempio, le due notti alla settimana nel pagliaio non erano, nel suo ordine mentale, da catalogarsi come peccato. Era semmai un peccato interromperle. No, intendiamoci, Alphonse Courrier non stava facendo inutili giochi sulla parola «peccato»; come quando si dice, volgarmente: «Peccato! Ci divertivamo tanto...» No. Il concetto aveva una più profonda evoluzione, era intrinsecamente connesso per esempio alla faccia di Adèle quando arrivava all'apice della felicità con lui, quelle due volte alla settimana. Ma su questo argomento, per altro fondamentale, non c'era modo di diffondersi, se non entrando in imbarazzanti declinazioni con il parroco. Perché metterlo in diffi-

20

coltà, quando per certo non se ne sarebbe usciti con una soluzione comune? Omissione! Avrebbe omesso questo argomento; così, intanto, si forniva di un elemento da confessare; il peccato di omissione rientra nel novero delle colpe da denunciare, gli sembrò anzi di ricordare che fosse di quelle abbastanza corpose, ma complesse da dettagliare.

«Ho peccato di omissione», disse pari pari, guardando diritto in faccia il parroco. I casi erano due: il parroco poteva chiedere quali omissioni aveva commesso, oppure passare al peccato successivo. Sempre, quando si comincia a giocare, uno comanda e l'altro si adegua; è un registro impercettibile di forze che si rileva tra due contendenti. Il che non significa certezza di vittoria per nessuno dei due; è solo l'impronta di chi fa le carte e gestisce il mazzo (a tempo perso, nelle altre sere, Courrier frequentava l'osteria del paese).

«E poi?» Appunto, era passato al peccato successivo. Carte ben date! Non che in questo modo Courrier volesse mettere in scacco il prete. Bisogna chiarire un punto della natura del nostro uomo. La sua natura, dicevo, inclinava sempre all'amabilità; lo imbarazzava mettere in difficoltà gli altri, vederne il disagio lo disturbava come un'offesa estetica. Ciò non significa che Alphonse Courrier fosse un uomo buono; non c'è bisogno che entri oltre nel merito della cosa, perché mi sembra chiara di per sé e poi il corso della vicenda la chiarirà.

Comunque, per tornare alla questione, Courrier non voleva infierire sul parroco che gli stava dedicando il suo tempo, e nemmeno su se stesso, che di tempo ne stava rubando al negozio. Comprendeva bene che la confessione precedente un matrimonio ha bisogno di altri elementi per essere ben fatta. Ma quali? A differenza dei penitenti abituali, Courrier non si copriva il volto, contrito, non si torceva nello spasimo del pentimento, ma continuava a fissare amichevole il suo giudice. In implicito gli chiedeva una mano per capire che male potesse avere fatto al mondo. Di nuovo serve sottolineare un punto: domandava davvero, e non con tono retorico, che male potesse aver fatto al mondo, almeno fin lì; si domandò anche in un lampo se non fosse il rimanere sempre fuori della chiesa, sul sagrato o nei dintorni, a dargli quell'innocenza. Fissò lo sguardo più limpido che mai sul sacerdote, che di nuovo chinò il suo e alzò la mano in un segno benedicente. Da Alphonse Courrier non si cavava di più.

2.

La moglie: Agnès Duval. Abitava nel villaggio vicino e fu un vero affare. Inutile nascondersi dietro un dito e scandalizzarsi per la parola « affare ». È perfetta e rende subito l'idea. La signorina Duval sarebbe stata un affare per chiunque, soprattutto per chiunque non si fosse innamorato di lei, perché nei meandri d'amore la riuscita delle cose non è mai certa.

Alphonse Courrier non correva un simile pericolo; non amava la futura moglie, tant'è vero che poté orchestrare e condurre una strategia di azione pulita, ragionata, funzionale. Il giorno del matrimonio era l'uomo più soddisfatto della terra, un vero generale che ha portato al successo la sua armata in una campagna di conquista. Ecco un altro lato del carattere di Courrier: si considerava, più che un intero, una *summa* di parti omogenee, cooperanti al bene comune, disposte alcune al sacrificio per la felicità dell'insieme. Inutile dire, qui, quale parte si sacrificasse (per certi versi) per il benessere del tutto. Da piccolo doveva aver ascoltato anche lui il famoso apologo di Menenio Agrippa: a quei tempi le scuole elementari si basavano molto sulla semplificazione e l'aneddotica.

Anche le due famiglie, quella di Alphonse e quella di Agnès, videro bene il matrimonio, e cooperarono quanto a spartizioni di dote e spese nuziali con animo sereno e giusta distribuzione di forze. Il problema che si poneva, in questi frangenti, concerneva proprio il *quantum*: a chi toccava dare di più? La dote della ragazza era un obbligo imprescindibile, stabilito, si può dire, dalla legge implicita dei contratti matrimoniali; l'uomo a sua volta aveva certi obblighi, però più fluttuanti, più indefiniti e sfumati. Alphonse portava alla sposa una posizione invidiabile in paese, un negozio ben avviato, una casa solida (alla biancheria avrebbe provveduto lei, la sposa), mobili non proprio nuovi, ma tenuti bene dalla cura dell'anziana signora Courrier, che si ritirava in buon ordine in un angolo più piccolo e riservato della stessa *maison*.

La legge della consuetudine imponeva tutto questo; a nessuno sarebbe venuto in mente di ribellarsi e instaurare un regime nuovo, meno che mai ad Agnès Duval, meno che mai ad Alphonse Courrier. Ma per due ragioni diverse. A lei, perché non poteva immaginare altrimenti il suo futuro; a lui, perché da lì, da quel porto sicuro, si sarebbe mossa la sua personale nave, avrebbe cominciato un viaggio il cui requisito fondamentale era la solitudine, intesa, però, come assenza di intralci. È un impegno non da poco prepararsi un terreno solido a questo proposito, il terreno da cui salpare. Per esempio bisognava dare una parvenza di stabilità a coloro che sarebbero rimasti fuori da questo viaggio, ignari del fatto che lui invece aveva già levato le ancore.

Il giorno del matrimonio, entrando in chiesa ad aspettare la sposa, Alphonse si sentiva addosso l'allegria di quelli che partono avendo voglia di partire. Aveva dormito benissimo la notte prima, aveva faticosamente rinunciato al pasto mattutino, per via del digiuno che la comunione imponeva. Non ci era abituato e dovette ricordarglielo sua madre, che ne aveva una bella pratica.

Era vestito bene. Come sarebbe stata vestita la sposa non lo interessava minimamente; già la superstizione popolare impone il silenzio in merito e una serie di riti vogliono l'ignoranza assoluta dello sposo circa l'abito della futura moglie; doveva essere, questo, l'ultimo retaggio della più completa ignoranza, come accadeva un tempo, persino del volto della sposa e soprattutto del suo corpo. Ad Alphonse Courrier non importava molto tutto questo; il volto gli era noto abbastanza, il corpo l'avrebbe scoperto, e senza particolari sorprese, poco dopo. Era piuttosto il paese intero a interessarlo nel frangente dell'attesa di Agnès.

Poiché non era emozionato, e invece tutti pensavano che lo fosse, godeva di una privilegiata area di osservazione: era in piedi, vicino all'altare a cui gli avrebbero condotto la fidanzata, e guardava verso il portale di accesso, quel rettangolo di luce che inquadrava gli ospiti mentre alla spicciolata si affacciavano alla chiesa. Loro supponevano, evidentemente, di essere lì a guardare lui, lui e lei a dir la verità, ma Alphonse, come artefice della giornata, aveva la sensazione di averli convocati per un suo gusto ottico. E li esaminava, i suoi ospiti, fuori della sua bottega, dove era sua consuetudine incontrarli, all'ombra insolita di una navata oscura, occasionale padrone di uno spazio che non rientrava nelle sue competenze.

Gli parvero in genere brutti, comici e brutti. Un paese vestito a festa non fa un bel vedere. Provvisori in maschere a prestito, gli invitati investivano la giornata del sapore della più assoluta innaturalezza. Entrò una ragazza, sola, agghindata come l'occasione comandava. Si fece avanti nella penombra, guardandosi intorno in cerca di un posto a sedere sull'esterno della fila di panche, per vedere bene l'ingresso della sposa. Courrier, dall'altare, la studiò attento; per fortuna gli occhiali celavano in parte la direzione dello sguardo. Lei si sedette, un po' rigida, non appoggiò nemmeno le spalle allo schienale della panca. Puntò i piedi sull'inginocchiatoio, si mise la borsetta in grembo e la strinse con tutte e due le mani. Fissava davanti a sé, ma c'è da giurarci che non vedesse niente; non c'è niente da vedere finché non arriva la sposa.

La quale finalmente entrò, bella presenza e vestito giusto. La accompagnarono gli sguardi di tutti, benevoli, anche della solitaria della panca a mezza navata. Se delineiamo una figura geometrica congiungendo tre punti otteniamo un triangolo; ed eccoli i vertici di questo triangolo: il blu pervinca degli occhi di Courrier è il primo; un generico marrone laggiù a mezza navata il secondo; l'azzurro quieto della sposa il terzo. Il pervinca toccò il marrone, il quale raggiunse il celeste che tornò sul pervinca. Così si traccia un triangolo. Caso mai si fosse pensato alle premesse di un tradimento, devo subito correggere il tiro. La direzione del primo sguardo era altrimenti motivata. Altre le considerazioni nella mente di Alphonse Courrier nel tracciare quel primo lato: credo che più di tutto al mondo lo incuriosisse la bruttezza.

L'inizio della cerimonia lo colse distratto, ma si adeguò in un attimo, o meglio adeguò la maschera facciale, uno schermo eccellente a cui il rinforzo impercettibile degli occhiali dava la maggior sicurezza possibile. Prima di essere coinvolto nelle formule di rito, quelle che richiedevano la sua sensata risposta, ebbe il tempo della prima parte della messa per elaborare certe considerazioni. Riguardavano in genere il rapporto tra l'uomo e la scimmia.

3.

Dipendeva dal clima generalmente darwiniano dell'epoca; la considerazione sulle scimmie, intendo. Ma non era tutto lì. È vero che Alphonse Courrier nel suo piccolo leggeva, ma era poco facilmente influenzabile dalle mode e ancor meno dalle opinioni altrui. Alla considerazione sulle scimmie si condusse da solo, instradato al più dalla ragazza della panca a metà navata, tuttavia anche lei non fu che uno spunto più esplicito. Tutti discendiamo dalle scimmie, Courrier ne era convinto; poteva al massimo fare un'eccezione per se stesso, la cui parvenza non faceva pensare immediatamente ai primati. Ma gli altri, i paesani vestiti per l'occasione del suo matrimonio, sembravano un catalogo a uso dello scienziato inglese e delle sue tesi. Tanto più erano ordinati e composti nei banchi, ripuliti della sciatteria del lavoro e inamidati, quanto più la somiglianza si accentuava. A occhi socchiusi per vedere meglio nella memoria, mentre il parroco procedeva con il rito, lo sposo metteva a fuoco uno dopo l'altro una serie di visi, tra cui la ragazza sopraddetta. La seta nera del vestito copriva una forma tozza e lasciava intravedere caviglie possenti. All'estremo opposto il collo, ugualmente pieno, sosteneva una testa greve, accentuata da una capigliatura spessa e scura. Si era agghindata al meglio, la signorina, e un collare d'argento le assediava la gola, su cui poggiava anche un doppio mento lucido; le labbra erano dischiuse tra lo stupore e l'emozione. Del resto la donna ben vestita, di bella presenza, al fianco di Courrier, discendeva non meno della ragazza della navata dalla stessa specie, ne era sicuro. Sarebbero bastati pochi anni, e intanto già bastava un minimo tratto di fantasia per vederla sfarsi nella vecchiaia di cui sua madre, seduta sulla panca in prima fila, era testimone. Certi visi molto giovani portano la traccia latente del futuro di cui la bellezza del presente è una maschera debolissima. Agnès Duval era una di quelle maschere. La ragazza a metà navata era invece indifesa e leggibile come un libro stampato. Per questo Courrier non poteva levarsela dalla mente; era come guardare con insistenza una deformazione cutanea e provarne insieme attrazione e ripugnanza. Le scimmie sono comunque meno ridicole, perché non sogliono vestirsi per celare le loro forme. O celebrare eventi naturali con tanta ostentazione, per esempio l'accoppiamento. Nessuno lo chiamava così, naturalmente. Ma cos'altro era? Le cose hanno il loro nome, gli animali la loro forma, le funzioni una causa e un effetto.

Passare sulla faccia della terra è quanto di più elementare si dia, passare e andarsene oltre; lasciando una traccia somatica di tale passaggio l'uomo pensa di non essere transitato invano. Ecco il perché di questi riti, di queste intronazioni.

Era seduto in effetti su una specie di tronetto di velluto rosso, a fianco della futura moglie. Futura? Ebbe un momento di smarrimento: futura, voleva dire tra cinque minuti? Sbirciò l'orologio che teneva nel taschino del panciotto; quel giorno aveva anche il panciotto, stoffa pesante davanti e raso dietro, raso grigio perla. Gli stava bene; le finiture permettevano di portarlo, all'occorrenza, anche senza giacca. Mancavano meno di cinque minuti, a stima gli pareva che si fossero avvicinati di molto al dunque, mentre la sua testa aveva vagato per la navata della chiesa. La ragazza al suo fianco doveva avere le idee più chiare, aveva prestato più attenzione. Courrier si riprese; stava rischiando di partire anzitempo.

E infatti, allora, comparvero gli anelli; non era ancora proprio il momento; da un punto non definito della chiesa un cerimoniere aveva mandato avanti, a portare su un cuscino i cerchietti d'oro, due bambini che ora rimanevano in agguato dietro i due protagonisti. Anche loro, poveretti, in maschera. Loro, i bambini. I piccoli di uomo che, essendo tali, pagano lo scotto della vanità vestiaria appena hanno l'uso delle gambe. Nelle famiglie ricche anche prima; li imbragano che non hanno ancora il controllo dei loro arti e meno ancora quello delle loro funzioni. L'esito è per lo più disastroso.

Courrier si ricordò di quando la nobildonna, per così dire, del paese partorì il primo figlio maschio. Girava per le strade con una carrozzina dalle ruote altissime, una cesta di vimini ornata come un paniere di Natale, e tra i nastri e i merletti valencienne spuntava, anzi, a volte bisognava andarlo a cercare scansando metri di stoffa, un faccino grinzoso, rosso dallo sforzo di essere nato e di non annegare nelle trine. Non un angolo della sua pelle era salvata dalla soffocazione, sepolto com'era nelle cure del mondo adulto che pareva celarlo per il gusto dello svelamento. O forse avevano invece ragione la madre e la nonna nel loro lavorio di occultamento: il piccolo era oggettivamente brutto. A ragion veduta continuarono ad occultarlo sotto montagne di stoffa anche negli anni a venire; permaneva infatti quell'originaria bruttezza.

Courrier in quel momento lo aveva alle spalle: per particolare degnazione, il bambino era stato ceduto in prestito alla cerimonia, era uno dei due portatori di anelli. La bambina al suo fianco non era meno bruttina di lui, occhicerula e pallida, compresa nel ruolo di portatrice, adocchiava il suo compagno con un segreto gioco di anticipazione sul futuro. La piccola coppia si specchiava nella coppia adulta. Non fece fatica, Courrier, a gratificare di un sincero sorriso i due quando gli porsero il cuscino rosso coi cerchietti d'oro.

I cerchietti, poco dopo, luccicavano alle dita degli sposi; la piccola coppia si era sciolta, tornando nell'anonimato dei banchi, e se n'era formata una adulta e indelebile. Era bastato un attimo, una formuletta percettibile appena dalle prime file di spettatori (di sicuro la ragazza a mezza navata non aveva sentito niente), e Alphonse Courrier cessava di essere solo al mondo. Tutto calcolato alla perfezione, nondimeno una frazione di secondo di vertigine lo colse; l'idea di quel *quid*, della variabile impazzita che sballa le regole del gioco e spiazza i giocatori, gli passò per la testa come una folgore. Si volse spaventato all'estranea al suo fianco e la vide sorridere tranquilla, appena velata da un attimo di emozione. Lo colse il sospetto che lei, Agnès Duval, fosse più di lui sicura dei suoi calcoli. La freddezza di una donna può di gran lunga superare la lucidità di un uomo, dal momento che nasce da una pratica della vita più profonda; manca totalmente di teorie e bada solo ai risultati concreti. Continuava a sorridere. Si accorse, Courrier, che la sua sposa aveva l'attaccatura delle gengive bassa e il sorriso scopriva una parte rosea cui non aveva fatto caso prima. La ricambiò a labbra strette; la cultura contadina, sobria e riservata, non concedeva il bacio sulla bocca ai coniugi novelli e fu meglio così. Ci pensarono gli ospiti, fuori della chiesa, a riempire di baci le guance della sposina; a lui toccarono abbracci, strette di mano, qualche allusione salace che accolse con l'allegria di chi ha già superato certi passaggi.

La festa non gli pesò molto, sebbene durasse fino a ora tarda. Quanto alla notte, dormì con la stessa naturalezza della notte precedente. Forse, anzi, riposò meglio. Intanto perché era oggettivamente stanco, in secondo luogo perché un passo fatto gli dava la quiete soddisfatta di una tappa lungo un cammino. Il giorno dopo era domenica, la bottega rimaneva chiusa, la nuova vita cominciava sotto i migliori auspici. L'altro dettaglio inerente al suo sonno avrebbe potuto essere il dovere coniugale compiuto. Ma perché compierlo secondo i canoni e le aspettative di tutti? Il paese aveva voluto solennizzare l'accoppiamento ed era stato accontentato. Quanto a lui, aveva una vita davanti; tanto più ci dormì sopra allegramente. La mattina dopo, Agnès Duval era ancora Agnès Duval, Madame Courrier solo davanti a Santa Madre Chiesa e al municipio del paese.

4.

L'UMANITÀ non capisce la benevolenza. Alle origini, forse, quando l'uomo si riconosceva in un suo simile e ne aveva probabilmente un gran bisogno; tanto che si coniò l'espressione «aver dell'umanità» per qualcuno. Oggi sarebbe meglio che nessuno fosse incline a questo sentimento, perché esula del tutto, appunto, dalla benevolenza. Una simile osservazione, fatta da un angolo remoto dell'Alvernia, non è affatto peregrina. Un punto di partenza vale un altro, e Courrier del resto non era affatto disprezzabile nelle sue opinioni, in questa in particolare. Sulla benevolenza, non sulla bontà.

Quando egli saggiò a fondo la vita matrimoniale, e non gli occorsero all'uopo più di due, tre settimane... era un uomo acuto e dallo sguardo lungo, soprattutto sui dettagli. Su quelli era maestro e non secondo ad alcuno; sempre, anche da ragazzo, il dettaglio gli era parso sostanziale alla lettura del tutto. Comunque, chiuso questo inciso, dicevo che dopo due, tre settimane al massimo, si era confermato nell'idea di dover tenere per sé le considerazioni in merito all'umanità e alla benevolenza, e di dover tenere per sé anche la benevolenza.

Mattina, tavola della colazione preparata con cura da una mano esperta, latte tiepido nella tazza, pane non fresco (quello non si dava forse nemmeno alla tavola dei veri signori!), ma saporito, e conserve di frutta che neanche sua madre avrebbe saputo fare meglio. E mentre spalmava sul pane la marmellata di mele e fuori era ancora buio... in quel passaggio tra notte e giorno, sospeso nell'intimità familiare, a Courrier venne in mente di aver sposato un'arpia. L'arpia è un animale mitico, quello che profetizzò a Enea che i suoi uomini avrebbero patito tanta fame, un giorno, da dover mangiare i loro stessi piatti. La qual profezia era il principio dell'invenzione della focaccia o, più imprecisamente, del sandwich. Eccola, la sua arpia, che gli allungava fette di pane su cui poggiare marmellata di mele. La miglior donna del mondo, che accudiva suo marito (dopo due o tre settimane lui, Courrier, era davvero suo marito e lei era davvero Madame Alphonse Courrier), mandava avanti con dignità una casa, sicché agli occhi del paese il rito celebrato in chiesa si confermava un affare sicuro, che si rivalutava di giorno in giorno come una rendita in case e terreni. Una vera arpia! Ma se qualcuno pensa che la constatazione fatta una mattina davanti a pane e marmellata fosse un'osservazione amara, si sbaglia. Non siamo di fronte a un idealista e un illuso, bensì a un uomo che, seduto a tavola, a gambe accavallate, con un buon sigaro in bocca e ancora sulle labbra il gusto della composta di mele, ha i piedi per terra e le idee chiare: una rarità in materia e un esempio per chi si dedica alla politica, in senso lato naturalmente; alla politica come relazione sociale, come conoscenza del mondo. Si trattava solo di intendersi sul termine « arpia », perché Courrier, circa il buon investimento matrimoniale, non aveva receduto di un palmo: lo aveva fatto ed era convinto di averlo fatto al meglio.

Si dice che nessuno al mondo sia perfetto, però tutti cercano ostinati la perfezione. Deve dipendere, questa ricerca, dall'idea innata in ognuno di aver dentro di sé, nascosta agli altri ma per lo più nota a sé medesimo, tale perfezione. Il resto del mondo non la scorge, è naturale, come la vena d'oro nel fianco della montagna. Il grezzo che la contorna è la difesa che il materiale prezioso accampa onde non essere saccheggiato brutalmente. Questo per l'oro; ma allo stesso modo certa gente suppone di dover difendere la propria perfezione con le unghie e con i denti, e la occulta come meglio può, la occulta fino a soffocarla. Meglio un cadavere intatto che un corpo violato: detto un po' all'ingrosso, questo sembrerebbe il concetto di fondo. Tale concetto ad Alphonse Courrier non si attagliava, mentre ad Agnès Duval sì. Perfettamente. A Courrier non si attagliava: primo perché era claustrofobico, sicché la soffocazione gli era sgradevole solo all'idea; secondo perché non aveva nessuna perfezione da nascondere: la sua era visibile agli occhi di tutti. Era da lì, chi lo direbbe mai, che nasceva la benevolenza. Da lì, non serve nemmeno precisarlo, nasceva la malevolenza di sua moglie. Il che non vuol dire cattiveria, e l'ultimo a formulare un tale accostamento sbagliato sarebbe stato proprio lui, Alphonse, il quale, non amandola, non poteva fare un errore di lettura così grossolano.

Tirando l'ultima boccata di fumo, col sigaro ormai consunto, sempre quella mattina della composta di mele, Courrier ringraziò il cielo, il cielo in genere senza precisare quale tra i suoi potenziali abitanti, di non amare Agnès Duval. Poi baciò la fronte liscia che gli arrivava all'altezza del mento (sembrava avesse preso le misure prima di sposarla!), guardò il roseo delle gengive basse sui denti mentre il volto di lei si schiudeva nel sorriso, e uscì in maniche di camicia che appena albeggiava sulla giornata estiva. In maniche di camicia, perché in bottega lasciava tutte le sere il camice nero di cui si paludava lavorando. A occhio e croce era il mese di giugno.

Qui ci vorrebbe una bella descrizione del giugno alverniate, perché merita, caso mai a qualcuno non capitasse mai di vederlo. Il villaggio di cui ci occupiamo era così assediato dai campi, così raccolto dalla corona delle colline... Ma il filo dei pensieri di Alphonse Courrier non percorreva quella direzione, sicché andarci di nostro, in divagazione, è magari indelicato nei suoi riguardi. Rimane comunque che fosse innegabilmente un bel mese di giugno e chiudiamo qui l'argomento.

Intanto Courrier ha tirato su la saracinesca della bottega, è entrato nel suo regno e ha serenamente cominciato a riconsiderare i dettagli.

5.

DETTAGLIO numero uno: la sera, prima di andare a dormire, Agnès prega. Non è un'abitudine che suo marito condivida, né nel senso che divida con lei quel particolare momento e si associ, né che, secondo l'altra lieve sfumatura di accezione del verbo « condividere », sia d'accordo con tale prassi, su cui per altro non si esprime in nessun modo, né a favore, né contro. Lui non lo fa, lei lo fa. La questione sarebbe chiusa in questo modo; ma è naturale che a lui tocchi di assistere al rito della preghiera serale; dormono nella stessa camera, nello stesso letto, le cerimonie di chiusura della giornata di ciascuno sono sotto gli occhi dell'altro.

Prima si pettina con cura; no, prima ancora si spoglia con faticose manovre che occultino al marito qualsiasi intuibile nudità. Poi si pettina, dicevo, ed è un'operazione lunga, solitaria, volutamente escludente. Infine prega; in gergo si dice che « si raccoglie », cioè si restringe e si avvizzisce in una compunzione trista. No. Non è un errore di stampa. Trista. Si chiude il naso tra le mani giunte, chiude gli occhi, sembra che soffochi anche il respiro. Non resta pertugio alcuno in cui il mondo possa insinuarsi; i padiglioni auricolari, indifesi, devono munirsi di una sorta di isolamento psicologico. A Courrier, la prima volta, è venuto l'istinto, non represso, di mormorare qualcosa e vedere un impercettibile moto della testa verso di lui, immediatamente corretto da un successivo, ulteriore irrigidimento.

Per la verità Courrier non è geloso o ferito da questa esclusione: nella testa di sua moglie di sicuro non passa nulla, mentre la memoria cita con precisione una serie di parole. Se solo soffrisse di mal di denti, in quel momento, la compunzione sarebbe giustificata; ma da come si è pettinata un attimo prima, pare che nessun dolore, o ricordo di dolore, la sfiori; tanto più allora la metamorfosi è degna di un interprete di bel calibro, direbbe Diderot. Ora, non so se Courrier conoscesse *Il paradosso dell'attore*, ma si sarebbero trovati d'accordo, Diderot con ammirazione, Courrier con qualche riserva, e non tanto sulla qualità quanto sulla necessità dell'interpretazione.

Lui, per opposizione, poiché l'opposizione è l'anima del mondo, sente di voler stendere tutti i suoi arti e allargarsi con abbondanza nel letto. Ha comunque la delicatezza di trattenere il respiro soddisfatto che volentieri esalerebbe.

Dettaglio numero due: la signora Courrier mangia. È un'operazione che in casa si compie mediamente tre volte al giorno, in un crescendo di complessità che tocca il suo apice alla sera. Allora sono in tre a una tavola ben fornita, cui la giovane signora Courrier apporta il contributo di cuoca e la vecchia signora Courrier quello di commentatrice; lui, il terzo, arriva quando i giochi sono già fatti; di quel che è stato eventualmente detto, nel bene o nel male, non lo sfiora neppure l'eco, che non raccoglierebbe. Su quel che è stato fatto ha sempre dato parere positivo, e a ragion veduta, perché lei è un'ottima cuoca.

Dicevo che Agnès Courrier mangia. Tranne un accenno di improprietà nel bere (quel leggero risucchio, da cui anche lui non è esente), si comporta con correttezza. Devono averle insegnato certe regole e lei, appresa l'arte, la applica con ragionevole scioltezza. Solo è estremamente minuziosa nel raccogliere il cibo dal piatto; non un grano di riso che rimanga sul bordo; non una goccia di brodo nel fondo della scodella; non un'idea di intingolo su cui il pane non passi e ripassi sistematico. E infine le briciole. Quando più nulla rimane, a dispetto forse di ogni convenienza – o forse questa è un'informazione che non ha mai ricevuto –, Agnès passa con la punta del dito, la usa a mo' di ventosa, e raccoglie tutto il rimasuglio di mollica o di crosta. A volte, su una maggior quantità di briciole, procede con le dita raccolte a mazzetto e capta monticelli di pane sminuzzato che si mette in bocca con il gusto di chi abbia compiuto il suo dovere. Stoicamente (senza per altro sapere di esser parte di una disciplina filosofica) la signora Courrier coniuga l'utile con il piacere e la sua coscienza ne è del tutto soddisfatta.

Nella bottega ancora tranquilla, di prima mattina e riponendo chiodi e viti nelle scatolette e nei cassetti sotto il bancone, Courrier potrebbe elencare almeno altri cinque, sei dettagli di cui la convivenza con la moglie lo ha reso esperto. Come gli parla delle storie di paese, come insinua domandando più che asserire, come scruta dalla finestra i movimenti della gente sulla via, come si industria ad approfondire la conoscenza delle case di fronte, e la traduce in un insistente monologo ad alta voce: «Ora uscirà Germaine, tra poco deve pur andare a prendere la biancheria stesa, non vorrà mica aspettare che si secchi troppo e... » et cetera. Col sigaro semispento, appoggiato all'orlo delle labbra, Courrier socchiude gli occhi, sminuzza l'azzurro delle pupille e sogguarda oltre la porta quell'angolo di piazza che gli passa sotto il naso dalla mattina alla sera.

«Alphonse, con questa lama non ci siamo. Due tagli del prato sotto la chiesa e il filo è consumato.»

Il signor Courrier si fece incontro al suo primo cliente, il contadino che curava anche l'orto della

42

canonica; gli prese la falce di mano, passò sul filo un dito esperto e si mise all'opera. Il cliente, intanto, dopo aver ciondolato da un punto all'altro della bottega, soppesò un paio di forbici nuove di zecca che luccicavano a un estremo del bancone e ne provò l'affilatura. « Alla malora, Alphonse, su queste non hai lesinato! » e si succhiò il polpastrello sanguinante.

« Le comperi? » gli domandò senza scomporsi il signor Courrier, e gli presentò la falce a puntino.

« Quanto ti devo? » chiese il contadino, staccando appena le labbra dal dito tagliato.

« Con le forbici fa un franco. Senza, non costa nulla! » E, mentre l'altro frugava in tasca: « Me li darai la prossima volta, senza urgenza ». Il franco era già sul bancone, le forbici passarono nelle mani del compratore cui Courrier, ammiccando, disse: « Le ripulisci tu del tuo sangue, vero? »

« Buona giornata », gli rispose l'altro, « se vieni a bere questa sera, un bicchiere te lo offro volentieri. »

Alphonse Courrier era davvero un uomo benvoluto. Quanto alle storie del paese, ne sapeva molte più lui di sua moglie. Ma non gliele raccontava.

In realtà il mondo, e per mondo intendiamo tanto il globo terracqueo quanto un piccolo paese dell'Alvernia, non ha una dimensione oggettivamente vasta; se ne fa il giro in un tempo ragionevole e strada facendo si incontrano spesso e volentieri conoscenze altrimenti fatte, o conoscenze di conoscenze con le quali il caso si diverte a imbastire intrecci. Le distanze, già corte, si riducono ulteriormente, ma in modo che a chi accade di imbattersi in simili giochi e ricorsi del tempo, pare di vivere una strana avventura, l'eccezione. Perché così si traveste nel mondo la regola.

Dalla sua bottega, dicevo, Courrier vedeva passare il paese. Passare ed entrare. Uscito il contadino con la falce affilata e le forbici, si affacciò la domestica del parroco, donna cui l'età sinodale non aveva tolto nulla dell'avvenenza leggermente sfacciata della giovinezza. Strano che fosse la domestica del parroco? Se mai più strano che gli fosse in verità affezionata come una figlia e le sue debolezze le consumasse altrove, addirittura fuori della cinta del villaggio. Il qual villaggio, indistintamente, a questa verità non credeva; nemmeno Agnès ci credeva. Alphonse Courrier ne era invece certo, ma lasciava che il chiacchiericcio virtuoso di sua moglie filasse un'esile trama di veleno intorno alla bella quarantenne. L'onestà calunniata splende sempre di una luce particolare!

« Non vorrei essere Germaine a passare un ferro da stiro su quella biancheria secca... Eppure si sa che il sole scotta verso mezzogiorno. Io lo so; mia madre mi ha fatto imparare presto come si fa a non perdere tempo, a non girare a vuoto per casa. » Era mezzogiorno, quando Courrier tornava a casa dalla bottega e Agnès si stava ancora arrovellando sul problema della biancheria della vicina di fronte, sul problema della vicina di fronte in genere.

Seduto al tavolo di cucina, aspettando il pasto, l'uomo considerava di aver sposato una donna di grande capacità, abile e velenosa, come altrimenti non avrebbe potuto essere. Anche lì, sebbene non passasse dalla finestra un gran che di sole, Courrier socchiuse gli occhi, sminuzzò l'azzurro delle pupille e sogguardò, oltre la curva piena del corpo di sua moglie, il profilo di Germaine di ritorno con la cesta del bucato, che, come ognuno può prevedere, era del tutto secco.

6.

La notte per Courrier era una lavagna, sul fondo nero della quale tracciava gli schizzi delle osservazioni diurne. Soffriva d'insonnia, o meglio gli capitava di essere a volte insonne, però non era cosa che gli procurasse sofferenza. La veglia notturna nel suo letto gli apriva piuttosto orizzonti che il giorno non gli avrebbe concesso e, nel buio che si parava davanti ai suoi occhi ben aperti, annotava una quantità di considerazioni. Non era un uomo pettegolo, ma di quel che gli stava intorno sapeva molte cose; la notte era perfetta per ricapitolare, nel silenzio della casa, con il respiro di sua moglie accanto (un respiro che il tempo avrebbe reso sempre più possente, fino a imporsi con un nuovo nome), la protezione del lenzuolo ben tirato fino al mento che lo isolava dalla stanza. Non avrebbe mai, nemmeno nella stagione più calda, dormito senza un lenzuolo sopra di sé.

La peculiarità della lavagna notturna era l'indelebilità; quel che lì veniva scritto non si cancellava più. Potendola decifrare, a distanza di tempo rivelerebbe un mondo interessante, che nel corso delle notti si era arricchito di particolari. La cesta di Germaine per esempio, e il perché della trascuratezza della ragazza a ritirare il bucato, lo sguardo lievemente malinconico e strabico che non sollecitava le attenzioni di nessuno. Prima o poi si sarebbe sposata anche lei, nessuno in paese si poteva permettere il lusso di restare senza una donna per casa e un uomo malinconico e strabico come Germaine si trova sempre, in ogni paese o in quello vicino, dove la fama della scarsa avvenenza della ragazza correva di sicuro; meno grave, certo, della fama eventuale della sua insufficienza di donna di casa.

Il gioiello di perfezione che giaceva addormentato al fianco di Courrier era la pietra di paragone: quanto arrancava, e quanto inutilmente!, la povera giovane della casa di fronte. Per qualche misteriosa ragione che somigliava al buon cuore, Courrier cominciò a pensare di andare in suo soccorso. Il campanile della chiesa, dalla piazza, batté le tre del mattino, mentre Alphonse ragionava tra sé di alcuni particolari necessari ad imbastire una strategia. I grandi generali, è vero, sono spesso degli insonni.

7.

In letteratura è stato già scritto tutto; non c'è situazione che non sia stata affrontata, letta, archiviata. Abbondano anche le citazioni, i corsi e i ricorsi delle storie, come della Storia. Basterebbe la vita non dico del primo uomo, ma dei primi cento a contenere quasi tutte le vite che ciascuno, nel voltare dei millenni, ha creduto di vivere in esclusiva per la prima volta. Per fortuna la memoria storica serve a malapena ai grandi eventi, e trascura i piccoli, su cui lascia di volta in volta l'illusione che mai, prima, a nessuno sia capitata una cosa simile, nel bene e nel male. Almeno, non così! E in quelle quattro lettere, in quel « così », c'è la vita dell'uomo.

Courrier non era uno storico, nemmeno un lettore medio di storia; tutt'al più dava un'occhiata alle pagine di politica del giornale. Anche con i libri aveva scarsa confidenza, i poemi del passato, tranne l'*Iliade*, gli erano estranei; questo per dire che la storia di Didone ed Enea non la conosceva neanche per sentito dire, la storia del temporale durante la caccia e la caverna dove i due, ignari, trovarono rifugio e lasciarono che il destino si compisse su di loro. Ignari... per così dire. Courrier non andava a caccia per principio, sicché, volendo, il paragone non avrebbe granché fondamento, ma il temporale ci fu e il buio della sua bottega, soprattutto verso il fondo, dove la luce delle finestre non arrivava bene nemmeno nei giorni soleggiati, poteva paragonarsi a quello di una spelonca nella foresta libica sotto l'infuriare degli elementi. Germaine non aveva paura del temporale, naturalmente, ma affrontare la pioggia a torrenti era troppo anche per una ragazza di campagna dal fisico sano; così capitò che la spelonca-bottega le offrisse a tempo debito un buon rifugio. Fu un puro caso: il biondo dorato del volto di Courrier nell'oscurità, il lampo degli occhi dietro le lenti dalla montatura d'oro, la piazza deserta perché gli altri, cauti, si erano ritirati per tempo, e il silenzio, il silenzio assoluto del paese sospeso, in attesa della fine del temporale. Courrier non era un uomo dalle titubanze di Enea, ma in quel frangente non andò a fondo della questione come i due amanti antichi fecero. Non ci andò perché non era quello il suo scopo. Di certo in futuro la brutta Germaine avrebbe avuto un marito, e non era il caso di anticiparle nulla in merito; quella che non avrebbe mai avuto sarebbe stata invece la sensazione di aver fatto innamorare un uomo che la guardasse con intensità, con tenerezza, con passione repressa, perché la legge non contemplava quel sentimento che il cuore avrebbe dato e preso senza indugio. Ed era quella la sensazione che lui voleva regalare alla brutta Germaine.

Aveva i capelli grondanti appiccicati al collo, lo sguardo smarrito e stringeva la grossa chiave di casa con la mano bagnata fradicia. Balzò dentro la soglia della bottega e incontrò lo sguardo del padrone con un soprassalto di timidezza, tanto che, per una frazione di secondo, dubitò di doversi ricacciare fuori sotto la pioggia. Courrier fu magistrale. Abbassò gli occhi e simulò di osservare con attenzione nel cassetto degli incassi, lasciando che la ragazza si rassicurasse di non aver creato disturbo. Poi lo chiuse rumorosamente, la guardò fisso mentre lei voltava le spalle all'antro e osservava la pioggia, con l'aria, l'intenzione, di andarsene al primo accenno di calma. Courrier la fissava come se con gli occhi riuscisse a emanare calore sulla nuca di lei e qualcosa emanò, visto che infine Germaine si distolse dalla pioggia, si tirò un poco più al riparo e gli rivolse un sorriso impacciato di gratitudine. Lui ricambiò. Poi uscì dal bancone e da un angolo cavò una scala a tre gradini di legno, quella che usava per gli scaffali bassi, la aprì e la porse alla ragazza come uno sgabello.

« Ci vorrà un po' prima che smetta, non rimanere lì in piedi, Germaine. »

L'interpellata non era esattamente una ragazzina, ma il tu derivava dal suo sembrar sempre un essere in colpa, da rassicurare con un po' di confidenza.

«Non si disturbi, faccia pure i suoi conti, signor Courrier.»

Il signor Courrier le si fece vicino, per vedere se davvero la pioggia batteva a dovere; teneva con una mano la scaletta aperta e la appoggiò in un angolo un po' più oscuro della bottega. «Io faccio i miei conti, ma tu siediti. Qui sei più riparata.» E indicò quella specie di anfratto, da cui nessuno, nemmeno affacciandosi alla porta, avrebbe potuto scorgerla. La piazza continuava a essere deserta, il temporale si estendeva e incupiva gli scorci che tra una casa e l'altra si allargavano sulla collina.

«Vieni dalla campagna?»

«Sì.»

«Hai aspettato troppo, eh?»

Gli rispose con un sorriso impaurito.

«Bene, in questo caso, non avevi fretta prima, non ne avrai adesso. Questa storia non passerà in meno di un'ora. Ti aspettano a casa?»

«No, sanno che mi arrangio.»

«Perché mi chiami 'signor Courrier'? Non ti va 'Alphonse'? Non è un bel nome, è vero.» Sembrò chiuso all'improvviso in chissà quali pensieri e si accese il sigaro, il punto di brace rosso come un cuore sulle sue labbra.

Germaine non era versata nelle similitudini,

ma qualcosa di simile le dovette venire in mente e lo guardò con occhi nuovi. «Anche Germaine non è un bel nome», si sbilanciò a dire a occhi bassi, per contenere l'effetto di quelle sue pupille che andavano alla deriva. La confortò pensare che la penombra attenuava il difetto: poter avere quello sguardo pervinca fermo e ridente, quand'era ridente!, Courrier, in quel momento, le parve, come dire?, straordinariamente vicino. Era lui, ora, in piedi davanti alla porta della bottega a fissare la pioggia; dava le spalle a lei, e sembrava l'avesse dimenticata.

«Fortuna che sei capitata qui, Germaine», le disse all'improvviso.

«Fortuna sì, signor... Alphonse. A casa non ci potevo arrivare...» Allora lui si volse, la osservò con una strana aria, che Germaine non seppe bene come collocare. Non lo aveva capito, forse? Di chi era la fortuna? E lui le sorrise, schiudendo appena le labbra che tennero bene in equilibrio il sigaro, le si fece più vicino, le passò una mano tra i capelli.

«Così bagnata, ragazza mia...» E si fermò con un gesto a mezz'aria.

Germaine non aveva idea di cosa fosse uno sguardo profondo su di lei, non ne aveva avuto idea fino ad allora.

Quel che le si mosse dentro nessun amante raffinato, nessun esperto del piacere glielo avrebbe regalato più. Per inciso, Germaine non sposò poi un uomo edotto particolarmente nell'*ars amatoria*, ma solo un robusto contadino che pensava in primo luogo a sé. E comunque quel minuto, quella mano indugiante a un palmo da lei le rimasero nell'anima. A dire il vero rimasero anche nell'anima di Alphonse Courrier: non si ricordava di aver mai prima recitato tanto all'altezza della situazione e oltre.

Quando la ragazza lasciò la bottega, sotto una pioggerellina fine, ultimo retaggio della violenza temporalesca, il negoziante la accompagnò con uno sguardo intenerito, senza simulazione questa volta, senza inganno. La vide allontanarsi trascinando il passo incerto nelle pozze del selciato, procedere senza voltarsi, senza un segno che lasciasse trasparire nulla. Uguale a prima per chiunque la vedesse o la incontrasse per via. Courrier riaccese il suo sigaro, socchiuse gli occhi a fessura, godendosi la mezza luce di quella specie di crepuscolo anticipato dal temporale. Come si chiamava quella prima ragazza del fienile? Adèle? Anche lei passava imperturbata sotto gli occhi del mondo. Il negoziante gonfiò le gote e soffiò piano piano, un sibilo leggero di soddisfazione.

8.

QUEI cento uomini, i primi che provarono quasi tutto quello che gli altri avrebbero riprovato nella vita, nel corso dei millenni, probabilmente avevano già le facce, quasi tutte le facce, che avrebbero avuto gli altri nella vita dei successivi millenni. Senza nulla togliere all'inventiva del Padreterno, cui Courrier da fuori della chiesa si inchinava con l'educazione che gli era propria e il rispetto delle idee altrui a cui per personale civiltà era inclinato; senza nulla toglierGli appunto, al mondo qualcosa di veramente nuovo non si vedeva da tempo immemorabile. E forse non era nemmeno nelle intenzioni del Padreterno che si vedesse. Consideriamo pure la bottega di Alphonse Courrier un osservatorio limitato (a molti piace questa espressione, ha un che di scientifico e alchemico insieme, erroneamente!, per non dire che la più parte di quelli che la amano e la usano in un osservatorio non ha mai messo piede e, soprattutto, non guarda nemmeno dalla finestra di casa propria, se non per vedersi riflesso); la gente che passa davanti alla sua porta è sempre la stessa, i pochi forestieri non vengono da molto lontano e non hanno tratti distintivi evidenti. È facile, lì, che la gente si somigli tutta. Però una volta, qualche anno prima, prima di sposarsi, intendo, Courrier aveva passato due giorni a Parigi. Si dirà di nuovo che due giorni son pochi, ma al giovane paesano d'Alvernia bastarono per farsi le idee più precise. Che differenza c'era tra la gente dell'osteria di fronte alla sua bottega e quelli che bevevano in un bistrot sul lungosenna? Alcuni avevano l'aria un po' più malata, o più sussiegosa, sebbene a qualcuno del suo villaggio questo tipo d'aria, per esempio, non facesse difetto... ma, per il resto, del tutto simili. Imparò e perfezionò appunto in quell'occasione un gioco mentale che lo intrigava molto: frugare nelle facce e nelle andature della gente e ritrovare copie e copie di quel che altrove aveva già incontrato.

Due giorni a Parigi sono pochi. Li passò, conclusa la ragione specifica per cui c'era andato e che non ci riguarda, a notare la gente di città. La futura moglie avrebbe fatto lo stesso, sguazzando nel mare di un campionario per lei infinito di vestiti, ma anche lì, a ben vedere, gli argomenti non erano molti.

«Comunque si voglia girare la questione, nudi siamo e nudi restiamo!» No, non era con sua moglie che trattava questo argomento. L'avrebbe vista alzare le sopracciglia indignata, contrarsi di fronte alla nudità che suo marito denunciava di vedere intorno a sé, anche su di lei. Buon Dio! A volte le pareva di aver sposato un... ecco, se avesse conosciuto il termine, avrebbe detto un provocatore. Ma non lo conosceva.

Fu con i compagni di carte che Courrier si permise questo ragionamento. Giocavano tutti i sabato sera, all'osteria, un gruppo misto di età e di condizione. Per esempio, succedeva che si associasse anche il sindaco del paese o il veterinario, che veniva dal villaggio vicino perché dalle sue parti non si era formato un bell'affiatamento nella scopa d'assi. È un gioco universale, qualsiasi nome prenda nelle varie parti d'Europa, un gioco di testa e non di fortuna.

Anche con le carte in mano, Courrier aveva un certo stile, simulava di ignorare il resto del tavolo, se ne stava distratto e chiuso. Metteva giù la sua carta con comodo, sembrava tirarla fuori a caso dal mazzo che gli scorreva d'agilità sotto i polpastrelli, poi aspettava la reazione dei compagni. Giocavano sempre in silenzio, tutto un reticolo di sguardi tesseva gli umori dei giocatori, salvo l'esplosione di rabbia dello sconfitto di turno o lo sconcerto di chi era stato sicuro di farcela e la freddezza di un avversario metteva invece nelle curve.

« Nudi si nasce e nudi si muore. Nel mezzo ci puoi mettere tutti i vestiti che vuoi, non cambia niente. » Courrier la buttò lì, su una donna di picche che portò via il piatto. I giocatori a queste cose non fanno molto caso, sanno che le partite sono costellate di considerazioni di ordinaria filosofia, battute di spirito in climi che perdonano tutto. Ma questa di Courrier, per di più su una giocata di donna di picche, fece riflettere il veterinario. Questi in particolare, giocatore accanito, meticoloso, si fermò un attimo, col mazzo in mano, mentre stava dando le carte di un nuovo giro; il primo era stato tutto di Courrier. Riprese a smazzare, come si dice in gergo, senza distrarsi e, mentre distribuiva le carte, tra i denti sibilò: «Siamo di umor nero, Alphonse?»

«Ottimo invece, signor dottore, ottimo. Più mi vengono in mente queste cose, e meglio sto, a posto con la mia palandrana nera; che quella o qualsiasi altra cosa, va bene comunque. Questa o qualsiasi altra faccia, va bene comunque. In giro per il mondo, ci devono essere almeno altri trecento Courrier, tutti molto simili... magari cambia la montatura degli occhiali.»

«Io non butterei via così un asso di cuori, adesso», osservò il droghiere sulla prima mano del suo vicino, «ma carta sul tavolo... lo sappiamo!» Lo sapeva anche il veterinario, che aveva sbagliato l'apertura per colpa dello spirito di Courrier.

«Da quando hai preso moglie, caro mio, queste cose ti vengono fuori con una facilità! Le donne ti aiutano a riflettere, l'ho sempre pensato;

le mogli, almeno. Le altre fanno un altro effetto. »

Courrier vinse – scorrettamente – la partita, battendo gli altri sulla deconcentrazione. Poi, davanti al fondo di una bottiglia che avevano equamente spartita in quattro, troppo poco per ubriacarsi, finì la conversazione con il veterinario, cui rimaneva tutta la notte per tornare a casa a piedi, passando la collina che divideva il suo villaggio da quello dei tre compagni di gioco.

Intanto eravamo arrivati a luglio avanzato; questo voleva dire che, se anche l'osteria chiudeva a una certa ora, la piazza aveva tanto posto per accogliere i due giocatori e i loro discorsi. A ogni buon conto, Courrier aveva con sé le chiavi della bottega e, nel cuore della notte, la gente che dormiva con le finestre affacciate sulla piazza sentì il cigolio della serranda che si apriva e poi, altrettanto forte nel silenzio generale, lo strascinarsi delle sedie fuori, sulla soglia. Con una notte così, star dentro a parlare era peccato mortale.

9.

VERSO mattina, col primo rosso arancio dell'alba, il veterinario lasciò la piazza; aveva aspettato per gentilezza che Courrier chiudesse di nuovo la serranda e pro forma, data l'ora, andasse a casa; poi si era incamminato su per la collina di buon passo, caso mai qualche contadino avesse bisogno di lui.

«A ogni buon conto, Alphonse, non è vero che si nasce nudi e nudi si muore. Nella tomba ci finiamo tutti con i vestiti migliori addosso. Mio padre si era fatto tenere una giacca mai messa proprio per quello. Me lo ricordo ancora come stava bene, così sdraiato, con le maniche tirate giù diritte e i bottoni ben chiusi. Che era una cosa che non faceva mai, quella di abbottonarsi. Visto così, aveva un gran personale. Ah, per non dire poi che, per sovrappiù di vestito, ti mettono anche nella cassa! Siamo una razza molto pudica, caro mio, molto.»

Il veterinario ripensava alla chiacchierata notturna e intanto saliva per la strada imbiancata e guardava dall'alto la prospettiva del paese di

Courrier che si accovacciava sul fondovalle. È tutto estremamente relativo a questo mondo, aveva concluso. Dipende unicamente dal secondo termine di paragone. Marie è più bella di Annette, ma se il secondo termine è Agnès Duval, allora Marie è meno... Agnès Duval adesso era la signora Courrier, venne in mente al veterinario. Un bel secondo termine di paragone cui per altro il di lei marito alludeva poco. La gelosia può scegliere anche la via del silenzio; ma a ben vedere non gli pareva quello il percorso del suo compagno di carte. Un uomo sposato da tre mesi, circa, poco più poco meno, che passa una nottata a filosofare con il veterinario del paese vicino non è un uomo geloso, non è geloso nemmeno dei pensieri di sua moglie, della sua solitudine; perché nella solitudine i pensieri corrono...

« In casa mia non è ancora morto nessuno che io abbia visto preparare per l'aldilà. È curioso, eh? A pensarci che alla mia età non mi sia ancora capitato un vero lutto di famiglia! È un'esperienza che mi manca, forse è per questo che osservavo... Ma del resto lei sa meglio di me che avere indosso una giacca della miglior qualità non vuol dire che non si sia nudi. E poi le razze pudiche avrebbero in realtà una gran voglia di uscire allo scoperto, e sono pudiche perché sono incerte e temono di non saper distinguere tra quello che si fa e quello che non si fa. È che siamo un cumulo di abitudini perse, dottore. »

Nel fondovalle si distingueva adesso appena la punta scura del campanile che alla curva sarebbe uscito di scena, cedendo il passo al campanile dell'altro villaggio. Il sole saliva da là a illuminare l'incertezza umana. Gli venne da ridere al pensiero di come una correzione di tiro sintattica alzasse il tono di una chiacchierata. Dipende tutto dal secondo termine di paragone. L'« incertezza umana » ha una levatura superiore rispetto alla « razza incerta ». Nient'affatto stupido il venditore di ferramenta che buttava lì un'esca innocente e con quella lo pilotava verso lidi insospettati.

A dire la verità, anche Agnès Duval era un lido insospettato, la moglie invidiata di questo strano marito invidiabile. Veniva dal paese immediatamente confinante a nord con quello del veterinario, e da lì era transitata per andare a nozze. Il veterinario era un anziano scapolo, per varie ragioni, e al momento aveva considerato che non sarebbe stato spiacevole che un'impennata dei cavalli avesse deviato la direzione del corteo nuziale. Ma i cavalli si erano comportati benissimo e Alphonse Courrier aveva avuto la sua consorte a tempo, davanti all'altare. Per qualche ragione, veniva fatto di pensare che ora egli ne potesse anche fare a meno. O no? Anche qui: consorte. Ben più grave di moglie; Courrier non sapeva che farsene di una consorte, parve al veterinario. La sorte ha un tale fascino per se stessa, che un uomo esperto non la cederebbe mai a mezzadria. A sta-

61

re tanto con i contadini prendeva quel linguaggio, si accorse. Mezzadria non andava bene in quelle sfere del pensiero. Cominciava la discesa sul paese e c'era già troppa luce per sperare di trovarlo deserto ancora.

Quanto a Courrier, vide anche lui « l'aurora ch'ha dita di rose », come si diceva nei poemi di un tempo che gli avevano fatto studiare a scuola. La vide passando sotto la finestra di Germaine, ed ebbe un'occhiata breve di tenerezza verso le imposte chiuse, e le palpebre ancora abbassate della ragazza. Chissà se nel sonno la sua maschera di strabica si ricomponeva in un aspetto migliore... In compenso la notte poco dormita della bella Agnès le dava una connotazione lievemente truce. Anche Courrier, come il veterinario in cammino verso casa, dovette considerare che tutto è relativo e che dipende dal secondo termine di paragone.

10.

È L'ANNO 1903, Alphonse Courrier è un uomo di trentasei anni, ha una bottega di ferramenta estremamente ben avviata, una casa estremamente solida, un figlio... no, non ha ancora un figlio. Al suo fianco, Agnès Duval provvede con perizia al *ménage* familiare a cui è venuto meno un componente, la vecchia signora Courrier. Fu all'inizio del 1903... Allorché le era sembrato che fosse giunto il momento di lasciare pieno campo a una nuora esperta, fidata, si era dolcemente spenta. Così si era espresso nel suo sermone il parroco, nella stessa chiesa in cui era stato celebrato il matrimonio di Alphonse. Ma la lingua di un parroco durante un'orazione funebre è quanto di più menzognero, o meglio di più inavvertitamente lontano dalla verità, si possa immaginare.

Dunque in quel 1903, ai primi di gennaio, alla vecchia signora Courrier occorse di cominciare il suo declino. Dico la « vecchia » signora Courrier per una questione formale di ruoli, perché era in realtà una donna di cinquantasette anni non ancora compiuti, ed era vissuta bene almeno fino lì.

Vissuta bene significava che aveva messo al mondo un figlio solo, aveva lavorato solo in casa e mai nei campi, e soprattutto sempre dominato come una regina. Ecco il punto! E i meccanismi di governo, di una casa o di un popolo non fa differenza, portano all'assuefazione, sicché non ci se ne separa con facilità. Non c'è vecchiaia che tenga in questi casi. O l'esilio o la morte, per non dire che l'esilio porta spesso alla morte. La signora Courrier, la vecchia signora Courrier, dopo aver oscillato nell'incertezza tra le due soluzioni, deve aver in cuor suo fatto la sola scelta possibile, compatibile con la sua natura. Ma questa potrebbe essere una deduzione imprecisa; le cose forse non andarono proprio così.

Tutto considerato, Madame George Courrier pareva una donna mite. I miti sono la razza più terribile che abbia mai popolato la terra, e non sono affatto una razza in estinzione. Potrebbe parere improprio l'uso del termine « razza »; ma non lo è, se per razza si intende, cito testualmente, « la condivisione di caratteristiche morfologiche, genetiche, ecologiche o fisiologiche differenti da quelle di altre popolazioni della stessa specie ». Provi chiunque a pensare e applicare la suddetta definizione a un qualsiasi mite, e vedrà che non sfalsa di una iota. Sono una razza; l'attributo « pericolosa » è un'aggiunta che si motiva da sé. Madame George Courrier era pericolosa, senza ombra di dubbio.

Comunque la mite signora cominciò a star poco bene all'inizio dell'inverno del 1902, diciamo tra novembre e dicembre. L'anno nuovo fu celebrato in casa in un clima già lievemente segnato dall'incertezza del futuro, per la vecchia e la nuova signora Courrier; nell'una si mostrava intermittente lo spettro della debolezza (per esempio non riuscì a imporre il *bœuf à la mode* per il pranzo del Capodanno e la vinse la giovane con la novità dell'anatra arrosto. «Mai mangiata da noi una cosa simile», commentò la madre trattenendo lo sdegno sotto le mentite spoglie dell'arrendevolezza, «ma se a lei fa piacere...» Lo aveva confidato al macellaio che le aveva portato i suoi saluti, non potendo portarle il solito pezzo di carne), nell'altra la speranza del potere, sotto le spoglie innocue della bestia sacrificata e farcita con maestria dall'abile Agnès in un pomeriggio di concentrazione, cui seguì una mattina di cottura nel forno a legna. Bisogna dire che in quel frangente la giovane ebbe l'appoggio esplicito del marito, esplicito anche se cauto, sia perché Alphonse ignorava l'esito dell'anatra sia perché quello era un passaggio epocale e comportava la prudenza del caso.

Naturalmente nevicò la notte di Natale e rinevicò la notte del 31 dicembre; la natura rispetta le tradizioni, e questo fu solo motivo di ulteriore dolore per la vecchia signora Courrier, che vedeva invece consumarsi nella sua stessa casa, sotto i suoi stessi occhi, il tradimento degli uomini. Oltretutto l'anatra risultò squisita e le toccò vedere il piacere negli occhi di suo figlio: gli avrebbe più volentieri perdonato un peccato di lussuria. Cominciò a morire lì e non ci fu ritorno.

Per il paese, il terzo anno del secolo parve avviarsi senza strappi: alla messa di Capodanno si ritrovarono tutti (perché a Natale e al primo dell'anno in chiesa ci andavano proprio tutti) e il parroco contò le sue pecore compatte e felicemente riunite. Fece suonare l'organo con solennità e la celebrazione risultò lunga per gli abitudinari, che si scambiavano occhiate di intesa e di pazienza devota; punitiva per i saltuari, che tollerarono a loro volta, essendo quello un pedaggio annuale a cui si sottoponevano con buona grazia. Ma, tra una nota e l'altra del poderoso strumento che respirava affannoso come un obeso in salita, c'era tempo di guardarsi intorno e prendere visione dello stato del paese intero. Tutti presenti, però non tutti nella condizione del Capodanno precedente.

Per esempio, l'anno prima Agnès Courrier sedeva tra la suocera e il marito, e ora il marito stava tra le due donne, prigioniero o guardiano. Germaine aveva i capelli insolitamente ravvivati da un nastro colorato, troppo colorato per essere in chiesa; l'anno prima li teneva invece raccolti in una treccia mal annodata con qualcosa che somigliava allo spago. Sedeva quasi davanti, sotto gli occhi del parroco, mentre i suoi occhi, inafferrabili, erravano per il buio della volta e a tratti si volgevano a carpire quel che le stava alle spalle. La famiglia Courrier sedeva due panche dietro di lei e i tre, dal loro punto di osservazione, della ragazza non scorgevano che la massa oro ramata dei capelli, nient'affatto disprezzabile. In fondo a sinistra, dimenticata da Dio e dagli uomini, una donna rimpannucciata in un cappotto spelato, brutta ma con una carnagione straordinariamente liscia e fresca, una bella addormentata appena svegliata dal bacio; ma chi aveva avuto l'ardire di chinarsi su di lei? La splendida giovane signora Courrier, siccome al mondo la perfezione non esiste ma l'invidia impera, l'aveva sogguardata con lieve dispetto, sfiorandosi con delicatezza certe piccole venuzze rosse che facevano mostra di sé sulle guance diafane. Anche la vecchia signora Courrier le aveva dedicato uno sguardo, con un sentimento di recondita soddisfazione. E dire che la chiesa non abbondava di luce e il prete era quasi arrivato all'elevazione del Santissimo!

Lì si inginocchiarono tutti, anzi tutte, perché gli uomini rimasero rigorosamente in piedi, imbarazzati, passando da una gamba all'altra in un ciondolio incerto. Ah, c'era anche il veterinario del paese di là dalla collina, stranamente. Eravamo all'elevazione: a capo chino, con il viso affondato nelle mani (tale quale ad Agnès quando pregava la sera, pensò Alphonse), le donne erano finalmente comprese del rito, tranne quelle cui per istinto la rete delle dita si smagliava scoprendo l'immediato orizzonte del loro vicinato. La messa finì con un'esagerazione di organo che fece sussultare i fedeli e scompaginò le orecchie ai saltuari ai quali parve che il parroco volesse fissare, indelebile nella memoria, un messaggio per l'anno che cominciava.

Cominciava anche il trentaseiesimo anno di Alphonse Courrier, il quale, pur dalla giusta distanza da cui osservava il mondo della chiesa, non poteva far a meno di considerare che in certo modo il Te Deum di ringraziamento che chiudeva l'anno fosse cantato in suo onore. E quindi ci andava; ogni anno, il 31, celebrava in segreto il mondo prima della sua venuta, il mondo dopo la sua venuta. Il Te Deum tra la fine del 1902 e l'inizio del 1903 suonò un po' particolare alle orecchie di Alphonse, qualcosa come: «Il re è morto. Viva il re». E sia detto e pensato senza cattiveria: la vita è fatta di queste cose.

Solo il giorno dopo, il primo dell'anno, a tavola davanti all'anatra di cui sopra, gli venne il sospetto che si fosse trattato di un: «Viva la regina!»

11.

« La miglior donna del mondo, mi creda. Mio figlio non poteva avere un destino migliore. Quando sarà il momento » – e qui un grosso sospiro di cristiana ubbidienza – « me ne andrò tranquilla. » Aveva mani bianche e quasi curate e maneggiava con delicatezza la lana bianca di un paio di calze a cui stava lavorando. Dal quadro della porta semiaperta si scorgeva la figura leggermente appesantita della lodata nuora che stava stirando in cucina. Lei, l'anziana signora, teneva conversazione con la moglie del macellaio – era, diciamo, all'incirca la prima quindicina di gennaio – cui confidò altri passaggi della sua trepida tenerezza per la giovane Agnès. « Ma... » aggiunse infine e bastò quella paroletta disgiuntiva ad accendere una luce di diverso interesse negli occhi annoiati della macellaia.

« Ma? » incalzò a bassa voce per non lasciar cadere il filo del discorso. Un attimo di silenzio sospeso, uno sguardo cauto verso la cucina, poi sbilanciandosi pericolosamente verso la porta aperta, diede un colpo al battente che si accostò senza rumore, riducendo lo spazio a una fessura, da cui si indovinava un angolo di tavolo e una tovaglia bianca che si spostava magicamente, a piccoli tratti. «Ho detto... ma?» La macellaia accennò di sì vigorosamente. Mancava solo che si perdesse nei meandri della memoria quel passaggio!

«Vede, sono contenta di tutto, e morirò contenta. Mi sarebbe piaciuto, sì, avere a questo punto già un nipotino da veder crescere.» Madame Chinot, la macellaia, allentò un poco la tensione, aveva la sensazione di poter perdere qualche passaggio, perché ancora niente di veramente grave pareva nell'aria. «C'è tutto il tempo, vedrà che ne avrà più di uno sotto gli occhi, vero?» Il «vero?» fu quasi scolpito nella voce della macellaia, a metà tra la minaccia e la rassicurazione.

«Certo che Alphonse io l'ho avuto quasi subito. Chi ha tempo non aspetti tempo, mi sembra. Padrone del tempo è solo il Signore; loro oggi sono in salute, ma chissà poi. Io stessa, vede, mi sento meno forte in questi ultimi tempi, mi pare che qualcosa mi manchi; questa casa non è più la stessa per me e...» Eccolo il passaggio cruciale: Madame Chinot raccolse le forze della mente e si concentrò, non una sillaba sarebbe caduta nel vuoto.

«Ma! Le cose vanno come vanno ed è giusto così.» Concluse con una cesura ingiustificata la signora Courrier, lasciando all'altra il dispetto per tutto quello che avrebbe potuto sapere. Tornò alla carica, con diplomazia. «Ma certo che le cose vanno come devono, il Padreterno ci vede meglio di noi. E poi, cosa le manca, in questa casa, che non sia più come prima? Via...» Le lacrime, o meglio un cenno di lacrime sul ciglio opaco della vecchia Courrier, furono di nuovo come un razzo nel cielo notturno che schiarò l'orizzonte alla macellaia. Sapeva di non poter insistere, di non dover insistere. La strategia in quel caso è il silenzio profondo, al più un cenno di sospiro che dica in implicito che un tal dolore esige solo rispetto, poiché non ci sono parole. Anche perché, trovarle quelle giuste, al momento!, che non mandino a monte tutto, che non calpestino un terreno minato, che non chiedano. Soprattutto, infatti, non si deve chiedere: il sospetto di curiosità sarebbe fatale. Madame Chinot se la cavò benissimo, dalla tensione le venne persino un'idea di lacrime ed era al di là del massimo che si sarebbe potuto pretendere da lei.

La vecchia Courrier, nemmeno lei, si aspettava tanto. Allungò una mano ossuta, appoggiandola alle nocche strette della sua vicina, le batté dolcemente. «Basta! non parliamone più; non vorrei mai intristirla con queste storie», si sforzò di correggere la smorfia in un sorriso. «Non parliamone più.» E la signora Chinot provò un moto di felicità profonda. Era chiaro che alla prossima volta, domani stesso se non tra un'ora – dipendeva dalla lunghezza della visita – lei avrebbe saputo tutto quello che c'era da sapere sul *ménage* del terzetto Courrier. Tranne, si disse giuliva, che non sia già diventato un quartetto...

12.

SENNONCHÉ la vecchia signora Courrier, con un colpo magistrale, morì quella stessa notte. Non ci sono parole per il dispiacere della signora Chinot; del resto chiunque lo può immaginare. Si fece buio su di lei, un buio tanto più fitto quanto abbagliante era stato lo squarcio di luce. Lo seppe la mattina stessa, non appena suo marito riaprì la bottega. Le prime voci degli avventori sparsero la notizia come sale su una ferita.

Corse comunque a casa della morta, corse con quanto fiato aveva in corpo, quasi la animasse la speranza che sul volto della defunta potesse rimanere una traccia di quel che le doveva ancora dire, una mezza parola formulata a fior di labbra e impigliata nel reticolo delle rughe, negli occhi non ancora chiusi. Troppo tardi: gli occhi riposavano sotto le palpebre abbassate e il volto aveva la pace enigmatica di una mummia. Furono tutti commossi dalla devozione della signora Chinot.

A fianco della salma stavano Alphonse e sua moglie, quest'ultima composta in un lutto perfetto, abiti e volto *ad hoc*, sguardo leggermente obliquo, ma del resto Agnès non aveva l'abitudine di guardare diritto negli occhi, mani intrecciate sotto la cintola. Poiché era bionda e diafana, il nero le stava meglio dell'abito da sposa. Alphonse, per contro, pareva leggermente a disagio mancandogli il sigaro e non avendo avuto una notte tranquilla. Nelle pause di condoglianza andava ricapitolando appunto tra sé quella notte.

Non si poteva dire che sua madre avesse scelto di andarsene con discrezione, e questo non lo meravigliava affatto: la conosceva bene, oltre quella sfumatura di mitezza che il paese intero le attribuiva. Madame Courrier fece sapere, quella notte, e con estrema determinazione, che la sua dipartita sarebbe stata un fatto memorabile. Probabilmente in cuor suo alla signora dispiacque di non poter avere intorno al letto uno stuolo di nipoti e figli da benedire e ammonire prima di andarsene (se ne era giusto lamentata con la signora Chinot).

Ebbene, dopo aver svegliato entrambi gli sposi nel cuore della notte con un rantolo roco, concentrò il suo sguardo sul figlio, e si impadronì delle sue mani. Alphonse cominciò qui a imbarazzarsi: non era solito toccare la madre o esserne toccato. Le staccò delicatamente le dita, a una a una, cercando di affidarle alle cure di Agnès per mettersi, lui, in cerca di un medico. Ma la madre ritornò tenace ad artigliarlo: gli fece capire di voler dei cuscini cui appoggiarsi e prendere respiro,

74

e indicò con gesto perentorio che Agnès andasse a cercarli. La seguì con gli occhi, mentre usciva dalla stanza, poi fece chinare su di sé, vicinissimo, il figlio: «È ingrassata, tua moglie», disse con la voce che un grumo di catarro soffocò in gola.

Quando Agnès tornò con i guanciali in mano, Madame George Courrier era già morta.

«Vado a rimettere a posto i cuscini», disse la sola signora Courrier. «Mi sembra che non servano più.» Girò sui tacchi delle pantofole, fece volteggiare la pesante camicia da notte e uscì dalla stanza. Ingrassata... Difficile dirlo senza che un abito le attillasse la figura, però una certa maestà di fianchi era leggibile sotto la morbidezza della flanella. Alphonse la seguì con gli occhi, poi si volse alla madre, in un estremo consulto, e in effetti lei lo fissava ancora, vitrea, a occhi sbarrati. Quand'anche fosse ingrassata, qual era la causa? La rilassatezza della vita coniugale, dicono, o quell'altro motivo più sottaciuto cui si allude per un po', senza conclamare. Ma, in tal caso, i conti nella mente di Courrier non tornavano. Si tolse gli occhiali e li sfregò contro la maglia per ripulirli, poi li reinfilò e con un gesto ugualmente meccanico chiuse le palpebre alla morta al suo fianco.

Agnès rientrò vestita di tutto punto e Alphonse la interrogò con lo sguardo. «Il prete, Alphonse. Devi andare a chiamarlo», gli disse con tutta calma. Lei si era appunto già preparata ad accoglierlo.

« Ma a quest'ora? E poi, a cosa serve ormai? »

« Alphonse, si fa così. Ti ho preparato il vestito di là sul letto. »

In effetti Alphonse non aveva dimestichezza con le occasioni funebri e lei, invece, la sapeva lunga, come solo le donne sanno in questi frangenti. Si rivestì, nel dubbio se mettersi fretta o prendere la cosa con calma. Allo specchio grande nella camera da letto, si scrutò ben bene il volto, lo scompose nei tratti per ricavare dove somigliasse a sua madre, per esempio due rughe simmetriche ai lati della bocca erano identiche a quelle della defunta, e anche un certo modo di stringere le labbra e serrare delicatamente la lingua tra i denti. Si avvicinò allo specchio e toccò la profondità dei solchi agli angoli della bocca. Il tempo avrebbe rimarcato ancora di più quella somiglianza; ma per ora la riconosceva solo lui.

Dieci minuti dopo, bussava alla canonica e un quarto d'ora dopo ascoltava il rimprovero dolce del prete per non averlo chiamato prima. Questi aveva con sé gli strumenti della benedizione e a tratti sospirava, e per il sonno perso e per la parrocchiana, persa anche lei. *Tempus fugit*, disse e la frase si adattava bene a entrambe le perdite che il pover'uomo lamentava.

Trovarono Agnès compunta, pronta a fare la sua parte, che constava anche nel preparare la defunta alla sepoltura, operazione che andava fatta subito e richiedeva l'aiuto di qualcuno. Alphonse ne era automaticamente esentato. Chi, allora? « Germaine », disse Agnès con autorità. Abitava in effetti di fronte, quasi quasi, non fosse stato che in inverno è tutto sbarrato, sarebbe bastato affacciarsi alla finestra e darle una voce. Germaine e sua madre erano le persone giuste. « Non basta sua madre? » domandò Alphonse, e la moglie lo ricambiò con un'occhiata che pareva uno staffile. « Se siamo in tre, si fa meno fatica. » Giusto. Che faccia avrebbe avuto Germaine, svegliata nel cuore della notte per una tale incombenza?

A Germaine non parve vero di entrare nella casa del signor Courrier e dare un aiuto in un momento così solenne. Lui in persona le aspettò, madre e figlia, sotto casa e le scortò nell'attraversare il vicolo fino alla porta della sua casa; al buio i capelli della ragazza luccicavano, come quella volta, la notte di Natale. Alla luce fioca dell'ingresso Alphonse colse un'occhiata sbieca di lei; probabilmente aveva anche un certo timore, sicché fu naturale darle una stretta al braccio nell'indicarle la stanza in cui doveva entrare. Fu come quando il gigante Briareo toccava la terra madre: a Germaine venne un'energia insospettata e maneggiò la morta con l'agilità di un professionista. Agnès ne era ammirata; pensare che non le avrebbe mai dato due lire!

Quanto a lui, il signor Courrier, seduto in cucina, si accese finalmente un sigaro, cancellò dalla mente il rito che si stava consumando nella stanza accanto e lasciò che la testa si concentrasse su altre questioni che gli competevano. Bottega chiusa l'indomani, quella sorta di festa appena un po' smorzata che è un funerale, le voci che seguono il corteo, le strette di mano. Non ricordava niente del funerale di suo padre, mentre qui, senza preparazione, gli sarebbe toccata la parte principale. E in questo si sbagliava, almeno, sottovalutava sua moglie; è un errore che gli uomini fanno spesso.

13.

TRE giorni dopo, il funerale. Per la seconda volta (la terza, se volessimo contare il battesimo, ma allora era più che altro una comparsa di appoggio a sua madre) Alphonse Courrier entrava da protagonista nella chiesa del paese. O almeno così credeva. I giorni della veglia funebre, con quell'ingombro per casa e la gente che andava e veniva, lo avevano distratto molto. Non aveva un gran dolore da contenere, ma fin dalla prima mattina, ricevendo le condoglianze accorate di Germaine, che gli aveva timidamente trattenuto la mano tra le sue evitandone lo sguardo, aveva avvertito un brivido di... paura? No, non proprio, qualcosa di meno esplicito, un'insinuazione un po' perversa che gli si mise di fianco e rimase lì, tranquilla; volendo si poteva non farci caso, ma a ogni modo c'era. Gli era venuta entrando nella stanza ad osservare gli effetti del lavoro delle tre donne sulla defunta. Il vestito buono, nero, le scarpe che non usava mai, e che avevano anche fatto fatica a metterle, tutto quel ciarpame inutile che nessuno avrebbe più visto, una volta chiusa la bara. Gli tornò in mente per forza la conversazione notturna dell'estate prima con il veterinario, gli tornò in mente anche il veterinario con cui aveva intensificato le partite, tanto che succedeva persino che giocassero in casa di Courrier. Si lisciò la barba, percorse la ruga all'angolo della bocca con il pollice, impercettibile eredità di sua madre, che però qui, in quel momento, gli stava passando un altro testimone. Il prossimo della famiglia sarebbe stato lui.

Alle nove del mattino la casa era pronta a ricevere tutte le visite del caso; la prima, lo si era detto, fu Madame Chinot, e dopo di lei fu un via vai continuo. I lutti in famiglia stancano molto, ma Agnès fu perfetta: una parola gentile per tutti, in tavola il rosolio e, tirati fuori da chissà dove, dei biscotti per le signore da un certo rango in su. Non sembra, in tempi normali, quanto vasto sia il tessuto sociale di un paese e i funerali, più di qualsiasi altra occasione, lo denunciano.

Durò tre giorni la veglia funebre, in un'alternanza di preghiere e chiacchiere cui a Courrier toccò di partecipare, affondando di ora in ora nel mondo esclusivamente femminile che sfilava a casa sua. Gli uomini mandavano le mogli a fare la loro parte e lui, Alphonse, col negozio chiuso e la necessità di rimanere d'ufficio accanto ad Agnès, soffrì in qualche momento di claustrofobia. Si distrasse solo trattando la questione tecnica della cerimonia vera e propria, o meglio, trattandone i costi, perché alla forma pensò naturalmente lei, e non lesinò in nulla: si fosse trattato di sua madre non avrebbe potuto far di meglio. Anzi, non avrebbe fatto nulla di simile; la questione qui era legata ad un dettaglio che Courrier metteva a fuoco giorno dopo giorno, in quei tre della veglia. Sua moglie agiva con una leggerezza, una naturalezza che non si poteva non invidiarle e ammirare. Quando Alphonse, in una pausa di primo pomeriggio, la casa vuota di ospiti, appena sbarazzato il tavolo di cucina, la sentì, o gli parve sentirla intonare, una melodia – malinconica, certo, ma una melodia –, non dubitò più che Agnès, oltre a essere indubbiamente libera da ogni dolore, e su questo punto nulla da eccepire, era invece invasa da una placida felicità. Una donna simile non ha mai slanci clamorosi, manifestazioni esagerate; governa se stessa come terrebbe il castello dei marchesi di Jocelyn, se glielo affidassero, in piena efficienza e ordine; si lucida la mente come farebbe della posateria d'argento. Quindi, ora che il comando passava nelle sue mani, Madame Alphonse Courrier, con moderazione e autodisciplina, si preparava alla prossima intronazione.

Avvenne in chiesa, durante il rito funebre, cui aveva sapientemente presieduto. Da dove avesse tirato fuori il velo di macramè nero pesante che portava come una mantiglia spagnola, nessuno lo sapeva. A dire il vero non le sarebbe spiaciuto il cappello, un tocco di pelliccia, per esempio; ma questo avrebbe significato invadere in un certo senso un terreno non suo; il cappello spettava alla *noblesse* del paese, debitamente presente, e Agnès aveva un assoluto senso della misura. Il velo andò magnificamente. Al vederla così *à plombe*, Madame Chinot, due panche indietro, si ricordò delle lacrime che arrossarono per un attimo gli occhi della povera defunta. Perché non aver insistito subito a cogliere una confidenza che era già matura?

Un feretro non lussuoso e nemmeno negletto dominava il centro della navata, i due Courrier in nero, né prostrati né cupi, dignitosamente composti, seduti soli sulla prima panca della chiesa, quella della nobiltà appunto, che aveva fatto luogo ai protagonisti, un tiro a due fuori e una magnifica nevicata, su cui il nero del lutto si stagliava con armonico contrasto. Nella panca subito dietro presero posto i genitori di Agnès e il veterinario, poi via via il seguito del paese intero. Sembrava di nuovo Natale. E in fondo, sola come a Natale, quella donna dal cappotto spelato. Courrier, girandosi un momento, la riconobbe. Il sangue gli si mosse in un'onda calda e salì piacevole fino alla testa. Tirò un sospiro profondo, spinse appena all'insù gli occhiali sfregandosi gli occhi piano e si provocò lo sdoppiamento delle immagini in un gioco che faceva da ragazzino. Agnès Courrier, alla sua destra, raddoppiò l'opulenza della figura (aveva ragione sua madre: aveva messo dei fianchi maestosi – e inutili – considerò di suo Alphonse). Dentro quel cappotto indefinibile di colore e sdrucito, sotto un vestito sicuramente altrettanto sciatto, si ricordò di un corpo muscoloso e docile, un corpo di cui nemmeno una cellula doveva essere rimasta mai inattiva. Gli sgorgò sulle labbra la beatitudine delle sere nel fienile e colse, proprio in quel momento, lo sguardo di solidale approvazione del parroco, che stava predicando la serena rassegnazione cristiana di fronte al dolore. Si sentì all'improvviso bene, come non gli capitava da tempo, e proprio lì, non a caso, in quel momento. In fondo una madre ama sopra ogni cosa suo figlio, e quello pareva un regalo di commiato. Del resto, tra suocera e nuora non era corso mai buon sangue. Madame Chinot avrebbe avuto di che rallegrarsi.

14.

Ci fu nel paese un'ulteriore scansione cronologica. Si era detto: «Prima che Courrier aprisse la bottega» o «La bottega di Courrier era già aperta, l'anno che mio padre...» et cetera. E ora: «Ti ricordi se fosse prima o dopo il funerale della povera signora George Courrier?»

Questa svolta epocale del paese lo fu in modo serrato e segreto anche e soprattutto per Alphonse.

Il giorno dopo la cerimonia e lo strascico serale della cena per pochi eletti in casa, la bottega riaprì i battenti. Alphonse portava sul risvolto del grembiule nero un bottone a lutto, che spiccava ben poco e solo da vicino. Contro quel bottone premé forte la sua guancia liscia, sotto la pressione di un bacio focoso, la brutta Adèle, che era venuta a prendere una manciata di chiodi per la falegnameria in cui lavoravano gli uomini della sua famiglia. Era la prima volta che tornava nell'antro del suo antico compagno notturno (antico! Non erano passati che pochi anni e avevano sicuramente giovato a entrambi) e non si era aspettata una accoglienza così esplicita. Non era da lui, non era da lui prima del matrimonio, forse. Ritrovata la calma del sigaro in punta di labbra, riguadagnato il terreno vitale e la coscienza che fosse, quello, esclusivamente suo, al vederla entrare di prima mattina e ancora quasi col buio dell'alba che stentava a farsi giorno, Alphonse provò lo stesso rivolgimento d'animo e di sangue che gli aveva regalato il giorno del funerale. Questa volta valutò che la prudenza bastava e avanzava e, baciandola, si lasciò andare a una tenerezza che prometteva di non finire lì. Poi si ricompose, incassò i soldi e la salutò da cliente qualsiasi; la fortuna sta dalla parte di una certa temerarietà, perché in quel momento entrò il secondo avventore della giornata, in tempo perché uno sguardo di intesa tra uomo e donna non superasse i muri della bottega.

« Alphonse, la vita ricomincia, eh? » gli disse il nuovo arrivato, con un tono di accorata consolazione. « Pensare che solo un mese fa pareva una donna nel fiore della salute! » Non so se Alphonse conoscesse Lapalisse; assentì senza enfasi, tirò anzi anche una boccatina di fumo, accendendo il rosso fiamma del sigaro, e seguitò a guardare paziente l'interlocutore. « Ecco », disse questi, « ero venuto per delle lime che dovrei tenere sul carretto, nel caso che qualcosa alla ferratura del cavallo non andasse, sai? » E fu l'ultimo a tentare di consolare Courrier. Il quale, a suo modo, un certo dolore lo aveva anche provato, non eccessivo, non straziante. Un dolore. Che forse consegue dal sentirsi confermare in ogni essere vivente che trapassa la condizione comune di mortalità. E poi, per entrare nello specifico, non gli piaceva molto tornare a casa e non trovare che il faccia a faccia con la moglie. Ma si sarebbe piuttosto lasciato tagliare un dito che farne cenno a qualcuno. In paese Alphonse Courrier era l'uomo che aveva fatto il migliore dei matrimoni.

« Comunque non hanno figli. Non riescono ad averne. A me sembra che tre anni di matrimonio debbano dare un qualche risultato, se tutto va come deve. Lo vuole un sorso di sciroppo di ribes? Niente? Mi sembra di tenerla qui a bocca asciutta », era la signora Chinot con la moglie del sarto. La signora Chinot aveva il compito più ingrato di tutti, tessere quel niente di trama che aveva tra le mani e far procedere in qualche modo il lavoro. All'uopo, come si dice, stava cercando collaboratrici. Istillava nelle menti di diverse di loro la goccia di sospetto che serve ad avvelenare la pace, poi lasciava che facesse il suo corso nelle vene e nelle arterie del paese. Una qualche via per arrivare al cuore l'avrebbe trovata.

« Eppure sono una coppia così bella; felici sembrano felici. Neanche dalla casa dei loro vicini, sa, dalla finestra di Germaine, mai sentito alzare la voce, o una questione o un litigio», era la risposta della moglie del sarto.

«Appunto! Mi sembra una stranezza. In tutte le famiglie una lite capita ogni tanto, una girata; mio marito, che è l'uomo più affezionato che potessi trovare, e lo dico dopo anni e anni di vita insieme, anche lui ha i suoi momenti storti e li conosco io prima degli altri, ho nelle orecchie certe urlate! E con questo i nostri tre figli crescono bene e, volendo, la questione non sarebbe ancora chiusa.» Era un'affermazione molto audace, ma segnava la trasparenza del nervosismo della povera Chinot nel non venire alla conclusione del rebus Courrier. A ogni buon conto Germaine era da tenere più d'occhio, quanto meno per essere un autentico avamposto.

E Germaine la sua risposta l'avrebbe avuta, ma non si fidava di nessuno, meno che mai di se stessa. Sicché quello che pensava lo conservava con tutta gelosia, più per la paura di essere smentita dai fatti (che sicuramente altri vedevano e lei no) che per un senso superiore di riservatezza. Comunque aveva la sua risposta.

Alphonse Courrier era innamorato di lei. Il temporale estivo le aveva lasciato questo dubbio che una serie di piccole attenzioni, del tutto secondarie per altro, aveva consolidato. Nessuno, in stato di normalità, avrebbe misurato la durata del sorriso di Courrier, quando si imbatteva in Germaine, o arguito che se rallentava il passo nell'entrare in casa, era perché sperava di veder lei, Germaine, comparire sulla soglia della sua. Quanto al silenzio che le finestre di fronte custodivano (per altro d'inverno erano per lo più rigorosamente chiuse), era un segno della malinconia che intaccava il *ménage* familiare. Altro che felicità! E pensare che sarebbe bastato un piccolo spostamento, appena un balzo, tre metri del vicolo, per essere lei nella casa di fronte, a sciogliere il grumo nell'impasto!

Fu giusto allora che Agnès chiese alla sua vicina di aiutarla due volte alla settimana nei lavori di grosso.

A volte la fortuna esaudisce un desiderio in modo del tutto imprevedibile e rapido; ma pare che, nella fretta di farci felici, sbagli di un minimo la mira e dia sì quello che si voleva, ma affetto da una leggera distonia. Germaine avrebbe desiderato tanto essere nella casa di Alphonse Courrier, ma non propriamente entrandoci dalla porta di servizio e nelle vesti della donna di grosso. Afferrò comunque la coda della fortuna, e le rimase in mano un ciuffo simbolico di pelo.

« Perché Germaine, che avevi detto che non sapeva lavorare? » domandò incuriosito Alphonse, quando la moglie gli passò l'informazione delle trattative già portate a compimento. Agnès, chinata sull'acquaio a lavare la verdura del pranzo, si girò un attimo a guardarlo. Aveva il grembiule bianco incrociato sulle spalle, senza una grinza; aveva l'abilità di non spruzzarsi nemmeno quando lavava l'insalata. Poteva cuocere il più difficile degli arrosti senza che una macchiolina la intaccasse. Portava il grembiule, naturalmente ricamato, solo per vezzo e per disciplina. Anzi, ne sceglieva di così complessi e ricercati di fattura... Ma Alphonse non voleva entrare in un campo che non gli competeva.

Dunque, si girò a guardarlo con un sorriso un po' ironico: «Non farà di sicuro niente di impegnativo e niente senza che io la controlli. A vestire tua madre era stata bravissima. Sembra che la nostra casa le piaccia, si guardava intorno con un'aria quasi commossa, le mancava di accarezzare i mobili».

«Che c'entra? Era commossa dalla morte di mia madre, la conosceva bene. E poi era impegnata in una cosa difficile; è appena più di una ragazzina, poveretta.»

«Perché poveretta? Di sicuro per tua madre non aveva particolare simpatia.»

«Stava comunque vestendo una morta, che non è una cosa che una ragazza faccia tutti i giorni, immagino...» E tirò una boccata nervosa del sigaro, facendolo spegnere. Si alzò con disappunto, alla ricerca di un fiammifero per riaccendere e armeggiò sotto la cappa della stufa, una novità aggiunta alla vecchia cucina di sua madre come regalo alla sposa.

« I fiammiferi sono sulla credenza », disse Agnès senza voltarsi.

« E quando comincia a lavorare qui? »

« Con la nuova settimana. Abbiamo concordato il lunedì e il giovedì. Non era commossa dalla morte di tua madre. C'è altro che la intenerisce. »

« Ha per caso qualcuno che la interessa? Queste cose, lo sai, credo, fanno poi uno strano effetto anche su quel che non c'entra... »

« Tu la interessi, Alphonse. »

Agnès era china sull'acquaio, Alphonse chino sulla credenza a cercare i fiammiferi. Rimasero tutti e due così, dandosi le spalle.

15.

In alcune persone il gusto di dire la verità va di pari passo con l'intento di ferire. Piomba come un fulmine a ciel sereno nel mezzo di relazioni amichevoli e le stronca. Di fatto, quando si manifesta è il frutto di un rancore meditato. Nel corso della sua vita, Courrier aveva messo a fuoco questo punto non secondario nel comportamento dei suoi simili. Non che per parte sua egli considerasse un errore dire la verità, solo che poteva trattarsi di un atto incauto, nella migliore delle ipotesi. Poiché era un uomo riflessivo, e un osservatore, aveva accumulato in merito molto materiale e lo aveva di volta in volta catalogato, ivi comprese le eventuali eccezioni alla regola, le deviazioni, le anomalie comportamentali, traendone un quadro pressoché completo sotto ogni punto di vista; tutt'al più gli mancava un tassello, una sfumatura. Per conto suo preferiva le verità generali, le accezioni per così dire filosofiche del termine, le divagazioni. Sebbene, a ben considerare, nel linguaggio più comune questa parola – verità – risultava onnipresente e sempre corredata di una valenza assoluta. Courrier, lo si è detto, aveva imparato a non eccedere in certezze; la sicurezza presunta toglie argomenti alla capacità di difendersi, lasciando più gioco alla sorpresa. E Courrier non amava essere sorpreso, né nel bene né nel male. Usava l'espressione: «È vero» il meno possibile, mentre la osservava nel prossimo con un certo fastidio. Per i più era quasi un intercalare. Entrava nel linguaggio dei bambini con una rapidità sconcertante e permaneva nel lessico adulto con la medesima sconcertante tenacia. Non che egli, meno di altri, si sentisse sicuro delle sue affermazioni; anzi! e forse non si lasciava andare al termine «verità» per una questione di coerenza, o per difesa. «A dirti la verità...» «La verità è che...» «La questione vera sta in...» e così via, era l'incipit di tanti discorsi; uguale preciso all'evangelico: «In verità vi dico» che a Courrier sembrava maledettamente impegnativo. Da dietro gli occhiali cerchiati d'oro la sostanza delle cose avrebbe dovuto acquistare per lui chiarezza al di sopra di ogni dubbio, amplificata, per così dire, dalla chiarezza stessa delle lenti che Courrier puliva con cura ogni mattina. Ma anche quando si fidava assolutamente di se stesso, non si fidava degli altri quali depositari della verità. Ora, tra i tanti che gliela sventolavano sotto il naso, già usurata come la sua palandrana, aveva imparato a distinguere quelli in malafede, quelli approssimativi, i creduloni che riportavano verità altrui, non verificate; gli ansiosi di sapere e disposti a innescare il meccanismo della conoscenza buttando ami carichi di presunte verità. Tutti inaffidabili e gracili nelle loro posizioni. Tutti meno sua moglie. Quando Agnès Duval, maritata Courrier, diceva una cosa per vera, era vera. Anche perché lei, tassello mancante del puzzle, usava la verità con la sicurezza, la precisione di un tiratore scelto; nessun'altra arma era più atta alla sua volontà di ferire. Sicché Courrier, quella volta, chino sulla credenza, col fiammifero sospeso in mano, non poté fare a meno di provare per sua moglie l'ammirazione che si tributa a chi ci ha onorevolmente battuto in gara.

16.

NEMMENO nei suoi sogni più ambiziosi la signora Chinot avrebbe potuto fantasticare di un così prezioso aiuto nelle sue ricerche; Germaine, la punta di diamante della sua osservazione sul campo, stava per passare il confine ed entrare, spia involontaria, nel territorio interessato. Lo seppe dalla madre, una mattina che venne a chiedere alla bottega del macellaio qualcosa per il brodo. Intendeva ossi, naturalmente. La carne era riservata ad altri. Glielo disse, mentre Anne Marie Chinot era in bottega di passaggio a dare una mano al marito, con un sospiro malinconico. Germaine poteva aspirare a un lavoro di fino, per esempio servire in tavola o badare alla cucina qualche volta; proprio i lavori pesanti non erano la condizione ideale. Sospirò ancora con gli occhi al cielo: « Ma sarà una buona esperienza per una ragazza », continuò, consolandosi da sola. « È vero che bisogna saper far tutto in una casa per mandarla avanti bene e quando sarà il suo turno di sposarsi... »

« Ha già in mente qualcuno, la sua Germaine? »

domandò la Chinot preoccupata all'idea di non aver neanche il tempo di preparare il terreno. Germaine non era una ragazza molto furba, e per far capitale di lei bisognava giocare sulla pazienza e sull'ammaestramento lento. «È giovane...» disse sua madre.

«Ah, sì, troppo giovane. E, quando comincia il servizio?»

Tra qualche giorno! Madame Chinot pensò che il destino non è mai gratuitamente cattivo e due volte alla settimana non era poco per interpretare i segni che da un interno familiare potevano arrivarle. «Per gli ossi, la prossima volta, non si disturbi a venire lei. Può mandare la ragazza, tanto più che magari verrà qui a fare anche le commissioni dei Courrier. Sa, la signora, la giovane, ormai non c'è più che quella» – lo disse con un velo di morbidezza nella voce – «non fa volentieri la spesa, mi sembra. Da noi non viene quasi mai. È vero che ormai mio marito sa quello che prendono e ci pensa lui, per amicizia con il signor Alphonse. Gli porta in casa tutto. Che poi, da quando è morta la vecchia (per amor di Dio, aveva solo... neanche sessant'anni) hanno cambiato in casa tante cose. Persino il modo di mangiare. Lo vedrà, la sua Germaine. Secondo me nemmeno i mobili sono più allo stesso posto. Glielo dico io, così, senza sapere di preciso. In quella casa, dopo il funerale, non ho più messo piede.»

Quella, per chi avesse orecchi per intendere e volontà d'azione, era una vera e propria investitura; e la madre di Germaine era persona da capire al volo il senso della missione, i rischi e i compensi.

Germaine, invece, capiva solo di poter entrare, due volte alla settimana, nel tempio del suo idolo. Veramente aveva intuito che il luogo più adatto sarebbe stata la bottega, perché lui là era davvero dio e signore; in casa ci stava meno, e la sovranità era in altre mani. Ma era un passo; chissà che non avessero bisogno in futuro di un aiuto a tenere in ordine la bottega, a fine lavoro, chiuso il battente di legno e via tutti i clienti, la sera. Germaine non teneva più a posto la mente dall'emozione; però, come gli spiriti poco coraggiosi, avrebbe temuto quella proposta subito, sperava piuttosto nella gradualità del tempo, un gradino alla volta, un gesto alla volta, fino all'apoteosi. L'apoteosi, per lei, era la mano di Alphonse Courrier che sfiorava i suoi capelli, e la voce alle spalle che le sussurrava: «Così bagnata, ragazza mia!» Nella sua mente, non le riusciva di fargli dire altro, si era inceppata lì.

Prese servizio di lunedì, quando Alphonse Courrier era già uscito, lasciandosi dietro il profumo del sigaro. Lo annusò con calma, tanto ora aveva tempo tutta la mattina. Dovette, quella prima volta, aiutare la signora a rivoltare il materasso del loro letto e portare le lenzuola a lavare al

96

lavatoio; entrò nella camera con un certo turbamento, comprensibile almeno in due direzioni: era il suo primo lavoro ed era il letto del signor Courrier. Le diede fastidio, naturalmente, pensare che ci dormisse anche lei, la signora, ma fu un fastidio passeggero. Pur nella sua inesperienza, per qualche strana ragione non temeva affatto la rivale, anzi, si sentì lei stessa temibile. E infatti lavorò alla grande, con una disinvoltura che nel migliore dei casi Agnès le avrebbe attribuito solo dopo mesi di pratica. Evidentemente, considerò la padrona di casa, attraversare il vicolo era una passeggiata tonica per la ragazza!

Il giovedì fu la volta dei pavimenti da pulire a specchio, comprese le mattonelle rosse di cucina. Intanto lei, la signora, era impegnata a preparare qualcosa di particolare per la sera; dovevano avere qualcuno a cena, sebbene non trapelassero informazioni di sorta.

Alla fine della prima settimana di lavoro, comunque, Germaine non aveva avuto il bene di vedere una sola volta il signor Courrier, non più di quanto lo vedesse prima, spiando dalla finestra il suo ritorno. La cena ci fu e l'ospite fu il veterinario, il compagno di carte e amico di Alphonse. A dir la verità Germaine rimase tutto il giorno con il fiato sospeso ad aspettare una chiamata di servizio per la cena, almeno un aiuto a lavare i piatti, se non a portare in tavola. Nessun cenno. Poi, alle undici di sera, circa, vide nella poca luce del vicolo, uscire i due uomini. Era circa la metà di febbraio, le sere erano molto fredde. Li vide incamminarsi insieme intabarrati, l'uno a fianco dell'altro, li seguì con gli occhi, stortando la testa tra i listelli delle persiane, finché la curva del vicolo li inghiottì. Immaginò che Courrier, per gentilezza, accompagnasse un pezzo l'amico sulla via, e rimase lì, a piedi nudi sul pavimento, ad aspettare di vederlo di ritorno.

Battevano le tre del mattino, un mattino davvero gelido, quando Alphonse ricomparve dall'imbocco del vicolo, girò con calma la chiave di casa, accese un cerino per vedere nel buio pesto, poi richiuse il battente. Nemmeno la costante Germaine aveva resistito di guardia fino ad allora.

17.

QUESTO, più che un capitolo, è una puntualizza-
zione a pro di chi abbia, alla fine della pagina precedente, avuto la tentazione di insinuare, o trarre
deduzioni, o credere di aver letto tra le righe di
quella tarda ora notturna. Uscendo da casa, alle
undici, Alphonse Courrier e il veterinario erano
andati alla bottega di ferramenta, dove il padrone
teneva i registri degli incassi. Aveva avuto bisogno
di una consulenza su un debitore che non gli dava
molto affidamento e doveva avere tra le mani,
chiara, l'entità del debito e la data. Tutto qui. I
due uomini si erano consultati, Courrier aveva ri-
chiuso nel cassetto il registro e avevano continua-
to a chiacchierare tranquillamente al caldo della
stufa accesa. Questa è la cronaca precisa di quel
giovedì notte. Che poi quell'accidentale visita alla
bottega si rivelasse un argomento utile per il futuro, mi sento di dire che fu conseguenza del tutto
involontaria. A meno che non vogliamo imputare
all'inconscio di un uomo una tale capacità di agire sott'acqua a sua stessa insaputa, una tale dop-
piezza e sagacia, da aggirare, prima ancora degli

ostacoli della volontà, quelli della coscienza. Insomma, Courrier, tornando a casa alle tre del mattino, in quello che ormai era diventato un venerdì, si trovò a considerare che gli sarebbe potuto accadere di nuovo, senza che questa necessità dovesse turbare il sonno di sua moglie, cui di sicuro i rumori notturni in casa e la luce della lampada avrebbero potuto dare fastidio.

Da quella volta Courrier tornò con qualche frequenza alla bottega, dopo cena, a volte solo, a volte con il veterinario dopo quelle sere conviviali che presero a intensificarsi. Nelle occasioni di solitudine, al lume della lampada sopra il banco, gli accadde persino di pensare che non gli sarebbe dispiaciuto un evento notturno clamoroso, che so, un principio d'incendio nel paese, o un malore di qualcuno, sicché i suoi compaesani lo trovassero ben desto, e solo, nella sua bottega, a documentare che l'uso aveva una sua necessità tutta funzionale agli affari.

A Pasqua, una Pasqua molto bassa quell'anno, Courrier aveva consolidato la consuetudine e sua moglie non trovava nulla da ridire. Nemmeno il resto del paese si meravigliava; anzi, la signora Chinot e le altre sue alleate gliene erano quasi grate, trovando lì la conferma di quel matrimonio incerto su cui avevano cominciato a teorizzare da tempo.

Fu all'incirca verso i primi di maggio che Adèle entrò furtiva, per la prima volta, passando dal retrobottega.

18.

Da maggio a Natale fu un attimo. Courrier era approdato all'età in cui le stagioni si inseguono come cani che si annusano, l'uno dietro la coda dell'altro. Ricomparve in tavola l'anatra farcita, e di nuovo fu tavola per tre. Il veterinario viveva solo e il giorno di Natale parve naturale associarlo alla famiglia che aveva vissuto un lutto recente. Un anno, non ancora compiuto, per un paese è un tempo breve di cordoglio, tant'è vero che Alphonse portava ancora il bottone nero sul vestito.

Agnès, in questa occasione, diede il massimo di sé in cucina, stimolata dall'ospite, che per altro era diventato una presenza acquisita in casa; ma la festa solenne indusse ad una celebrazione prandiale memorabile. C'è da pensare che Agnès avesse studiato per mesi la composizione delle portate, e avesse addirittura fatto delle prove in segreto per saggiare l'effetto di alcune combinazioni. Probabilmente la famiglia di Germaine ne sapeva qualcosa, dal momento che la ragazza, finito il lavoro del giovedì e del lunedì, in qualche caso si era portata via degli involti non ben definiti, delle cestine di roba, forse frutto di esperimenti non perfettamente riusciti, anche se non lontani dalla perfezione cui la signora aspirava. Era talmente determinata a tale perfezione, che non si esponeva nemmeno al giudizio del marito nei passaggi intermedi. Preferiva la neutralità soggetta di Germaine e di sua madre, a cui quei cibi, per Agnès ancora perfettibili, dovevano parere delle leccornie. Per inciso va detto che il *ménage* familiare dei Courrier era arrivato a un tenore alto: ecco la ragione di quelle spese alimentari (e che, finito il tempo delle feste, si ridussero considerevolmente).

E Madame Chinot, dal suo osservatorio, non diceva nulla? Il fatto è che la moglie del macellaio era ridotta ad una totale disinformazione. Certo, suo marito continuava a fornire ai Courrier il solito, e quindi non si registrava in quella voce anomalia alcuna; per il resto delle forniture la signora Courrier, con imprevedibile mossa, aveva imparato a guidare il calesse e andava a cercare altrove il necessario. Il suo paese d'origine, qualche chilometro lontano dal villaggio in cui viveva, era una fonte sicura di approvvigionamento e, nel periodo invernale, quando la neve non si fece attendere, risolse col farsi dare una mano addirittura dal suo ospite, cui non parve vero di avere un merito da acquisire agli occhi della bella padrona di casa. Al pranzo di Natale, in realtà, il solo a essere davvero sorpreso fu Alphonse.

Ma prima di addentrarci nel suddetto pranzo, va registrato un altro elemento di un certo rilievo a proposito della signora Chinot; la povera donna era rimasta per così dire alla linea di partenza, se vogliamo usare un'espressione impropria, rispetto a casa Courrier. Proprio la potenziale alleata, la Germaine su cui aveva fondato le sue speranze, nonché esserle di un qualche aiuto, sembrava incapace di guardare intorno a sé, incapace di capire e tradurre in linguaggio comprensibile le sue impressioni. Inchiodata a quella casa da una fedeltà ingiustificata, o dalla più totale stupidità, era muta come una tomba. Del lavoro che vi svolgeva non si sapeva niente, del comportamento con lei della sua padrona, meno ancora, dello stato d'animo di Alphonse nel chiuso delle mura domestiche... be', tanto valeva chiederlo a lui, che sarebbe stato più esplicito.

«Germaine, vai tu dalla Chinot a prendere qualcosa per domenica; sai quello che devi chiedere», aveva detto sua madre qualche tempo dopo il colloquio con la macellaia. E Germaine si era rifiutata. Era talmente strano il no della ragazza, che la madre credette di non aver sentito, la guardò con fare interrogativo e in implicito le fece intendere che, caso mai quel «no» le fosse davvero sfuggito, aveva tutto il tempo di farlo rientrare nel silenzio. «NO», a tutte lettere, ribadì Germaine. Si spiegò, con qualche incespicamento di linguaggio, che aveva un lavoro, adesso, che non era a disposizione come prima. E il lavoro era un impegno serio, che l'avrebbe tenuta fuori casa sempre più e non solo per i mestieri di grosso. Di andare poi dalla Chinot, non se ne parlava; con l'istinto che in lei sostituiva l'intelligenza fiutava un'insidia. Gli occhi di Germaine facevano compassione, tant'erano soggetti allo sforzo di quel rifiuto, che pareva concentrarsi in loro e trascinarli in una danza incontrollata nel tentativo di sfuggire quelli della madre che, beata lei, governava a piacere le sue pupille.

« Di che lavoro in più stai parlando? » domandò di colpo interessata, e placata, sua madre.

Germaine deglutì: « Della bottega ».

« La bottega del signor Alphonse? E che cosa ci faresti? Non mi dire che ti vuole come aiutante! Non capisci niente di ferramenta. Eh? » incalzò la donna.

« È per le pulizie del negozio, quando chiude. »

Questo non si era mai sentito dire prima e la donna guardò incuriosita la figlia, la scrutò bene. « Quando te l'hanno chiesto? »

« Non ne abbiamo ancora parlato chiaro. Non so quando. Forse dal prossimo mese, quando avrò... »

« Quando avrai? Che cosa avrai? »

« Volevo dire, quando mi sarò un po' liberata

dei lavori di casa, dalla signora Agnès. Allora, due volte alla settimana, andrò ad aiutare a chiudere la bottega del signor Alphonse. »

Dire se uno strabico sia sfuggente di sguardo quando affronta un argomento spinoso non è semplice. In questo caso, anzi, bisogna dire che Germaine ricevette dal suo difetto tutto l'aiuto possibile a confondere sua madre circa la fondatezza di affermazioni che le parevano stravaganti. Sarebbe corsa a interpellare subito Madame Courrier in merito, se l'aria di cospirazione della ragazza non la lasciasse perplessa, nel dubbio di rovinare con un intervento intempestivo una decisione così importante, facendo magari pensare di voler forzare la mano. Ci mancava altro. Davanti a Germaine poteva schiudersi un futuro luminoso: da donna delle pulizie di grosso a, col tempo si intende, commessa nella bottega più florida del paese. Quest'ultimo passo lo aveva fatto la madre, interamente da sé, non era nelle intenzioni della ragazza, che invece filava su altre correnti e verso altri sogni e che forse, nel manifestarli, era stata precipitosa.

A comperare gli ossi del brodo della domenica dalla Chinot andò la mamma in persona. Andò per sapere e per far sapere, incerta fino all'ultimo su quale ruolo le toccasse di giocare nella partita con la macellaia, che, non potendo avere di meglio, aspettava almeno lei al varco.

In realtà né Alphonse né sua moglie avevano

mai concepito l'idea che invece occupava intera la mente di Germaine. Si chiama proiezione paranoica la notizia che la ragazza aveva passato per vera a sua madre, e dava per vera anche a se stessa. Si potrebbe anche risalire alla causa di quella paranoia (parola grave per dire in questo caso una leggera disfunzione della fantasia): era l'astinenza totale da qualsiasi incontro con Alphonse Courrier. Mesi di lavoro avevano fatto di quella casa il luogo della sete. Le capitava di essere china sul pavimento di cucina, sentirlo entrare dalla porta, passare nel corridoio e salire al piano di sopra, senza voltarsi un attimo, e sempre con la voce di sua moglie che lo accompagnava su per le scale. Era chiaro: lei non voleva che nemmeno per una frazione di secondo gli occhi dei due si incrociassero e lavorava per tenerli lontani. Ora, nella mente di Germaine non c'era che una soluzione: essere richiesta a lavorare per il signor Alphonse, esplicitamente (e sua moglie, di fronte alla fermezza del marito, non avrebbe mai osato dire di no, e poi con che diritto?). Era tutto molto semplice; solo si domandava di tanto in tanto quanto e perché ancora lui aspettasse a chiederlo. Che temesse un suo rifiuto, suo di Germaine? Ed ecco, lei aveva escogitato il modo di fargli sapere per via indiretta che a lavorare per la bottega Courrier era pronta.

Chissà se Germaine fu così intelligente, dal suo punto di vista, da utilizzare sua madre come

106

veicolo indiretto, o se la piena dell'emozione nella tensione dell'attesa le avesse tanto colmato il cuore da farne traboccare parole che era prematuro pronunciare?

Madame Chinot lo seppe naturalmente subito. Il percorso della notizia, sotterraneo ma infallibile, raggiunse quasi tutte le cucine del paese, poi superò i confini del comune e approdò per giri di difficile ricostruzione al veterinario, amico di Alphonse. Fu così che arrivò ad Alphonse, una o due sere prima di Natale, in bottega, prudentemente lontano da Agnès, e in una sera in cui il campo era stato sgombrato, per quanto a malincuore, anche da Adèle.

19.

« Chi l'avrebbe detto? » Alphonse si tolse il sigaro di bocca e, tenendolo con la punta delle dita, lo rigirò per osservarne la brace accesa. A dire la verità sino in fondo, il suo era il tono di un uomo piacevolmente sorpreso. Il veterinario, seduto di fronte a lui, faceva scorrere una vite sul tavolo, la guardava compiere un'ellittica e fermarsi con una lieve oscillazione.

« E allora? Cosa intendi fare dopo questa uscita della ragazza... Sempre che in qualche modo non sia stato tu a indurla a pensare una cosa simile. »

« Caro dottore, no. Ma mi sembra un ottimo suggerimento. »

Il veterinario aprì la bocca per fare una domanda, o per esclamare, non so. Rimase di fatto a bocca aperta, come atono. Gli ci volle un attimo per riprendere il filo del discorso, con cautela, perché era uno di quei fili di seta che, stretti troppo tra le mani, tagliano. « A casa mia, Alphonse, questo si chiama ancora giocare con il fuoco. »

« E a casa mia, il fuoco scalda. »

Due giorni a Natale, la neve fuori della porta, la luce della lanterna che mandava un alone giallastro intorno, il calore della stufa accesa nell'angolo. Alphonse era a suo agio come un re sul trono, la bottega era il suo regno, il veterinario lo straniero di passaggio, che rendeva omaggio al signore. A ciascuno il governo delle sue terre e la devozione dei suoi sudditi. Seicento metri più in là Agnès Duval maritata Courrier amministrava con uguale sapienza il suo regno. Lo straniero avrebbe reso il debito omaggio anche a lei, quanto prima.

Tredici anni dopo, in una notte di antivigilia come quella che abbiamo appena ricordato, ad Alphonse sarebbero tornate in mente, con nitidezza, le precise parole di quella sera nella bottega.

Intanto, passato il periodo della festa, cominciato il nuovo anno e riavviato il tran tran quotidiano, Germaine aveva fatto il salto di lavoro che desiderava. Un autentico salto! Perché la signora Courrier l'aveva licenziata e suo marito se l'era presa a bottega. E nessuno, tranne nel segreto delle proprie case, tranne nelle cerchie più ristrette di amici, tranne nelle delazioni delle donne al parroco, in confessione, nessuno, ripeto, ebbe nulla da eccepire.

20.

A TRENTASETTE anni Alphonse Courrier mise in-
cinta sua moglie per la prima volta.

Non a caso venne affrontato tardi questo capitolo, non a caso venne affrontato con riluttanza.
Fu il più spinoso per Alphonse Courrier, il più
delicato. Ebbe due figli, perché doveva averli.
Non era un dovere che discendesse dalle insinua-
zioni di Madame Chinot e nemmeno dalle allu-
sioni, ormai lontane, di sua madre. Era nel conto
della sua vita, fatto con lucidità e con lucidità at-
tuato. Aveva scelto appunto una moglie di una
certa solidità, e avvenenza, che tramandasse un
seme buono e lo coltivasse con responsabilità. I
figli, aveva teorizzato Alphonse, nascono dal ra-
ziocinio, perché quasi sempre la passione è cattiva consigliera. La passione che lo faceva trepidare per una donna goffa, la peggio vestita del paese, lo avrebbe portato, lasciata a se stessa, su una
brutta (letteralmente!) strada. Quegli occhi troppo vicini di Adèle e gli zigomi sporgenti si sarebbero combinati male con la faccia regolare, i lineamenti ordinati di Courrier, il castano dei ca-

pelli di lei avrebbe gettato un'ombra sull'oro dei suoi. E la voce di Adèle? Rauca e spenta. Ma non dipendeva forse dal fatto che la loro clandestinità la obbligasse sempre a bisbigliare? Nei momenti di piacere, gli era persino capitato di coprirle con il palmo della mano la bocca, e una volta lei lo aveva morso, delicata, l'avviso di un gatto che non voglia essere toccato.

Comunque se Alphonse dovette pensare per avventurarsi in questo passo, Agnès invece fece il suo dovere perfettamente. Il primo figlio fu maschio, e sano. Un anno dopo circa, la continuità familiare venne consolidata con una seconda gravidanza che si concluse con un altro maschio. E il capitolo fu chiuso, quanto a procreazione. Si apriva l'altro, quello dell'educazione, ma anche questo sembrava doversi compiere con tutta naturalezza.

All'improvviso il temporale che solo un anno prima, nelle infatuate speranze soddisfatte in parte di Germaine, nelle paure del veterinario, si andava addensando intorno a Courrier come una nube pericolosa, si sarebbe spianato nel biancore dei seni di Madame Courrier che, con grande agio, avrebbe allattato i suoi figli durante le sere invernali, sotto gli occhi del padre e, perché no, data la confidenza, sotto quelli ancor più trepidi del dottore, la cui specificità, seppur convertita sul regno animale, gli conferiva il privilegio degli addetti ai lavori.

« Era tempo che suo marito le regalasse questo gioiello », osservò l'amico di casa, una delle prime volte che gli venne concesso di assistere al pasto del primogenito. Alphonse lo ascoltò con un brivido di raccapriccio. Queste uscite liriche lo costernavano, da qualunque parte arrivassero, e le temeva come segno di una debolezza perniciosa, uguale alle incontinenze emotive dei vecchi e dei bambini. Agnès invece accolse l'omaggio con l'*aplomb* del caso; era bravissima a sostenere la sua parte, la regina intenerita d'orgoglio per il figlio e abbellita dalla dolcezza della maternità. A Courrier vennero in mente le storie di Cornelia, madre dei Gracchi (di per sé il nome gli suonava già sgradevole); non a caso nell'episodio ricordato dalla tradizione romana non si fa granché menzione del padre.

Che rimaneva, per tornare alla nostra storia, in un angolo appartato a guardare l'evoluzione della sua specie, quella continuità del nome che pareva di assoluta importanza. I Courrier così si erano garantiti un altro passo verso l'immortalità, rappresentata ora da una sorta di scimmietta grinzosa, che al momento non suscitava alcun particolare sentimento in suo padre. I bambini appena nati sono sostanzialmente estranei che irrompono in una vita consolidata e riscuotono l'ingiustificata approvazione di tutti per il solo fatto di aver cominciato a esistere. Questo essere che tamburellava con mano sicura sul seno di Agnès, con una libertà che Alphonse Courrier non si era mai concesso (non con sua moglie), ostentava un'arroganza fastidiosa. « Il gioiello », come lo chiamava il veterinario, non luccicava affatto agli occhi di suo padre.

Non appena la signora si era rimessa dal parto, si era dovuta concordare la data della cerimonia del battesimo; il nome del bambino non fu nemmeno oggetto di discussione. Stabilì Agnès che si sarebbe chiamato come il nonno paterno, George. Questo passo indietro non piacque più di tanto ad Alphonse: George era stato il nome di suo padre, ma, poiché di continuità si parlava, non vedeva perché fermarla in un giro di valzer a due tempi. Caso mai suo figlio avesse avuto un erede, l'avrebbe dovuto chiamare Alphonse? Il nome che a Germaine non piaceva! A Germaine... la quale dal suo angolo aveva osservato con dolore la trionfante gravidanza della signora Courrier. Quando venne con sua madre a vedere il piccolo, formulò a fior di labbra un augurio stento, che sua madre allargò con un sorriso conveniente e un'occhiata stupita alla figlia.

Alphonse era lì presente il giorno della visita, guardava in tralice la scena, pareva innocuo, persino superfluo. Poi, all'improvviso: « Germaine, vorresti essere tu la madrina di mio figlio? »

21.

L'ALVERNIA è una terra di vulcani spenti. Al posto di bocche infuocate si allargano ora laghi placidi, le rive sono cupe dell'ombra dei pini che il bagliore del fuoco non sembra dover intaccare. Non lo ha mai più fatto a memoria d'uomo. L'Alvernia si direbbe una terra tranquilla. Per altro i geologi sanno che un vulcano spento non rinnega la sua natura ignea, tutt'al più la dimentica, temporaneamente.

Non saprei dire se la composizione delle rocce, i fermenti del sottosuolo abbiano un effetto di controcanto sulla natura degli uomini che su quel suolo camminano. Forse è vero che certe vibrazioni sfiorano la psiche e le onde magnetiche accarezzano impercettibili la mente.

Sia come sia, quell'uscita di Courrier sul battesimo non poteva che originarsi dalla profondità della terra e generò il conseguente movimento tellurico. La *mater matuta* depose un attimo la maschera e ridisegnò sul proprio volto i tratti dell'arpia che Alphonse aveva acutamente letto tra le righe dei loro primi tempi di matrimonio.

D'altra parte la leonessa che difende il suo cucciolo non farebbe altrimenti; certo, gli animali sanno essere più eleganti. Ma chi darebbe torto alla giovane madre che, adorante alla culla del suo primogenito, lo senta affidare con *nonchalance* alla tutela morale della ex serva di casa? Le parve di riascoltare appena un po' modificata la storia della bella addormentata, e la strabica Germaine aveva preso la parte della strega cattiva, questa volta però invitata al banchetto. E con che generosità d'invito!

Agnès depose il piccolo George nella culla, lo rincalzò ben bene; in realtà le sue mani sulle coperte e sui pizzi del giaciglio operavano a concentrare energie per stroncare il nemico sul nascere, e a chi l'avesse guardata bene sarebbe saltato all'occhio un tremito mal contenuto. Poi si alzò in tutta la sua statura ed esibì in un largo sorriso il rosa delle gengive scoperte, rivolgendosi alla madre di Germaine: «Non saprei dire se mio marito in questo momento abbia più voglia di burlarsi di me o di sua figlia. È un carattere singolare, qualche volta. Ma in paese lo conoscono tutti bene, forse meglio di me. Lo conosci di sicuro anche tu, vero Germaine?, meglio di me...»

A Germaine erano venute le lacrime che le oscurarono l'orizzonte; non ci vide più bene, ma indovinò il muoversi incerto della figura scura appoggiata alla credenza, indovinò il rosso del sigaro e il luccicare degli occhiali. Veniva verso di lei, lento, e lei gli rivolse i suoi occhi impazziti. Il punto rosso al centro della bocca si dissolse e i denti candidi si illuminarono sull'oro della barba, stava per dirle qualcosa, a lei, come quella volta in bottega, durante il temporale... la volta che aveva alzato la mano sui suoi capelli.

Courrier disse: «Non stavo scherzando affatto, Germaine. Sei stata chiamata a vestire mia madre per il suo funerale, va benissimo che sia tu ad accompagnare suo nipote al battesimo».

Silenzio assoluto.

Nel caso Germaine avesse mai pensato di morire in stato di grazia, elevata al trono glorioso del trionfo dal dolore del mondo, non poteva essersi figurata una apoteosi migliore, una migliore coreografia di quella sua apoteosi. Le altre due, invece, ebbero qualche impaccio di immaginazione. Quando non si vive in un mondo di esaltazioni fantastiche, i colpi di scena sono solo imbarazzanti ed è soprattutto estremamente difficile uscirne.

Tecnicamente si dovrebbe calare il sipario e lasciarli lì, gli attori, fissati nella loro immobilità. Il fatto è che la vita continua e all'immobilità dello stupore segue un movimento. Fu un attimo, un fulmine e il tuono subito dopo, il gesto e il rumore secco dello schiaffo sulla guancia bionda di Alphonse Courrier. Germaine fu afferrata da sua madre per un braccio e trascinata via senza aver il tempo di capire o vedere meglio.

Rimasero i due coniugi, con il bambino unico testimone. Non dormiva, era calmo nella culla e gli occhi erano persi nel vuoto; di certo non percepiva ancora niente.

«Come puoi pensare una mostruosità simile? E dirla, davanti a tutti... davanti a me!» La voce di Agnès partì dai toni del basso profondo e si alzò in forma di soprano, con un'estensione imprevedibile in così poco tempo. Probabilmente parlava per coprire alle sue stesse orecchie il rumore – ancora nell'aria – dello schiaffo che aveva osato dare al marito. Il quale schiaffo, era prevedibile, avrebbe avuto una ripercussione tremenda in tutto il paese; le balzò in mente che avrebbe fatto meglio a ucciderlo, il marito, piuttosto che alimentare un pettegolezzo così corposo in ogni singolo abitante di quel maledetto villaggio senz'aria.

«Davanti a tutti? Non è vero: davanti alla persona che avrebbe dovuto accettare o rifiutare.» Alphonse Courrier sembrava aver fatto incassare lo schiaffo a un suo alter ego; lui era calmo, pacato, analitico. Sentiva, chissà perché, di aver egregiamente pareggiato un conto sospeso da mesi e mesi. «Se Germaine accetta», continuò con la stessa calma, «sarà la madrina del bambino.»

«Di mio figlio?»

«Appunto, di tuo figlio.»

«Hai idea di quello che diranno tutti? E la mia famiglia che credeva...»

« Tutti avranno talmente tanto da dire, Agnès, da oggi in poi e per un bel po' di tempo, che ci saremo guadagnati la riconoscenza di un paese intero. »

Germaine accettò.

22.

Le costò moltissimo, povera ragazza. Così com'era la situazione, niente poteva passare in secondo piano e lei, soprattutto, sarebbe stata nell'occhio del ciclone. Al battesimo sarebbero venuti tutti, compresi gli abitanti del villaggio di provenienza di Madame Courrier, e non sarebbe stata una cerimonia tranquilla. Il dettaglio del vestito cominciò a spaventarla, tanto più che Agnès avrebbe sfoggiato tutta la sua superiorità, mentre Germaine non aveva la più pallida idea di quel che dovesse fare per reggere il confronto. Se Alphonse avesse voluto entrare nel merito, le avrebbe forse suggerito di non curarsi di confronti di sorta; ne sarebbe comunque uscita perdente e ridicola. Ma nessun uomo in genere dà mai un simile consiglio a una donna, e nessuna donna lo ascolterebbe. Eppure lei aveva una tale ammirazione per colui che l'aveva cacciata in quel pasticcio, che una sua parola sarebbe stata vangelo e si sarebbe presentata alla cerimonia col grembiule di cucina, se Alphonse glielo avesse suggerito.

Fu invece la signora Courrier a chiamarla a casa, due giorni dopo l'episodio che sappiamo. Le chiese di venire da sola e di non dare troppa pubblicità al loro incontro.

« Mi sembra che tu abbia accettato la... proposta di mio marito », esordì la signora con qualche irrigidimento nella voce e con un residuo filo di speranza; sola davanti a lei, senza protezione alcuna, la ragazza poteva ancora cedere, spaventarsi dell'enormità dell'impegno preso. La signora Courrier si trovò a pregare a fior di labbra, come quei vecchi che parlano da soli.

« Sì. » Germaine non avrebbe avuto più fiato per altro, ma il suo assenso non lo ritrattava per nessuna ragione al mondo.

« Bene », disse Agnès. « Bene. Allora dobbiamo fare le cose al meglio, dal momento che dobbiamo farle. » Si rendeva conto, Agnès, di opporsi dal profondo del cuore alla realtà; persino le parole le uscivano scarse, rifiutavano di evolversi in un discorso.

« Hai idea di quello che ti metterai? Del resto, qualsiasi cosa ti metta, ti prego di non essere vistosa. È una cerimonia religiosa. » Così poteva rivolgersi a un buon selvaggio che non conoscesse gli usi e i costumi di un paese cattolico; non a una ragazza di paese che, nella sua inesperienza, in chiesa andava regolarmente e aveva una madre bigotta.

Germaine deglutì. « Ho un vestito nero », disse.

120

Agnès rivolse gli occhi al cielo: il vestito da lutto, quello che da una certa età in su ogni donna tiene a portata di mano per qualsiasi evenienza: un paese ne ha sempre qualcuna di tali evenienze da offrire. «Ti darò qualcosa di mio», concluse di fretta, ed ebbe appena il tempo di stupirsi della risposta di Germaine: «Non credo, signora. Io sono più alta di lei».

Era vero; anzi, per dirla sino in fondo, era più alta e più sottile.

«Se non hai che un vestito nero... Volevo qualcosa di meglio per la madrina di mio figlio. Comunque quello nero sarà meno peggio di... Insomma, fai quello che vuoi», disse, sconfitta.

Mentre Germaine stava varcando la soglia di casa Courrier, ad Agnès venne voglia di colpirla alle spalle e le sue mani strinsero, inavvertitamente, il lungo manico di una pentola di ferro appoggiata sull'acquaio. Facendo pressione, si tirò addosso l'acqua sporca di cui la pentola era piena e maledì dal profondo del cuore Germaine per essere nata.

La rivide solo la mattina del battesimo.

Usanza voleva che i genitori del bambino e i padrini – toccò al padre di Agnès il ruolo di padrino – uscissero in corteo dalla casa con il piccolo in braccio e raggiungessero la chiesa accompagnati dagli amici e dai parenti. Era una processione allegra e solenne, con qualsiasi tempo si svolgesse; in paese era da un po' che non se ne vedeva una e la soddisfazione generale per il corredo di chiacchiere che questa aveva fornito la rendeva particolarmente attesa. Le voci erano state varie, i fronti e gli schieramenti erano diversi: solidali con Agnès sul versante femminile, seppure con una punta di soddisfazione, perché questa regina senza corona avrebbe finalmente provato sulla fronte la puntura di due o tre spine. Divertite quelle maschili, che per Alphonse provavano tutta la simpatia del caso e per di più, in quell'originalità, leggevano l'intenzione di mettere in guerra le due donne; che è un'arte su cui il sesso maschile ogni tanto si esercita con maggiore o minore abilità. E siccome tutti sapevano che Alphonse era un uomo intelligente (a carte, come lui non giocava nessuno), di sicuro l'abilità non gli avrebbe fatto difetto.

Dunque la mattina della cerimonia: naturalmente era una splendida giornata di sole, quel bel sole ottobrino che declina presto dietro le colline, ma scalda ancora bene come una coperta sulle spalle. Davanti a casa Courrier si erano riuniti quasi tutti gli amici stretti, mentre il resto del paese avrebbe aspettato davanti alla porta della chiesa. In sala era stato preparato il rinfresco per il dopo battesimo e poi ci sarebbe stato il pranzo per una ventina di persone. Madame Courrier era stanca del lavorio che aveva preceduto la giornata. Aveva avuto tutto l'aiuto possibile dalla madre e dalle sorelle, ma la responsabilità era solo sua e non poteva permettersi un filo fuori posto. In certi momenti era stata talmente travolta dalla mole di cose da fare, che le accadeva persino di dimenticare, per una frazione di secondo, perché mai stesse mettendo in piedi quel baraccone da fiera per venti invitati!

Comunque la mattina della cerimonia – che per lei poteva essere già il pomeriggio di quella lunga giornata, tanto presto si era alzata – era pronta alle nove in punto ed era splendida. L'acconciatura era stata fissata da miriadi di forcine le cui capocchie splendevano come perle tra il biondo dei capelli. Aveva un abito grigio tortora, all'insegna della massima discrezione. Le vere signore non danno nell'occhio con stravaganze di sorta: questo per Agnès Courrier era un dogma. Aveva persino un tocco sulla testa, una cosina che non nascondeva i capelli e intanto fingeva di tenere la testa coperta, come vuole Santa Madre Chiesa. Questa era la sola audacia che sconfinava oltre la discrezione e l'imperativo categorico di non mettere mai cappelli, di competenza delle dame d'alto rango. La guardarono tutti con ammirazione, e il veterinario (che non si era nascosto la speranza di essere il padrino del piccolo Courrier e anzi di giorno in giorno aveva creduto di leggere i segni espliciti di un messaggio in tal senso, messaggio che non sarebbe di fatto mai arrivato) ne ebbe gli occhi lucidi. Mancava solo Germaine e gli invitati presero a concentrarsi sulla casa di fronte, dal cui interno non trapelava nulla. Silenzio e imposte chiuse. Poi si aprì la porta a pianoterra, uscì la madre e, dietro di lei, Germaine.

Era vestita di rosso: dove mai aveva trovato quell'abito del secolo prima, stretto in vita e a balze, con una grossa gala sul dietro? Qualcosa da imperatrice Eugenia. Agnès Courrier sbarrò gli occhi e si portò una mano alla bocca per soffocare, si suppone, un grido. Ma nessuno le dava retta. Il suo grigio tortora era completamente eclissato dalla fiamma che illuminava, incerta, la porta a pianoterra.

23.

Storia di un vestito come se la raccontarono qualche tempo dopo Alphonse e il veterinario. Era inverno pieno, ormai, l'inverno del 1905, e il piccolo George aveva qualche mese. Cresceva bene, senza recare danni visibili per le singolari circostanze del suo battesimo.

«Detto tra noi, non si può dire che Germaine al momento buono non abbia saputo fare la sua parte... In fondo cosa non andava in lei?» si domandò retoricamente Courrier, tirando una boccata di fumo e godendoselo a pieni polmoni. Per certe persone quel veleno che si diffonde nei loro bronchi e nella cassa toracica in genere vale quanto l'ossigeno di alta montagna; e se è vero che la psiche ha un ruolo sul buon andamento fisico, in quell'attimo di sicuro esse guadagnano in salute.

I due erano nella bottega, a fine pomeriggio, anzi era già sera, buio pesto fuori, i pochi lampioni a gas ovattati dalla neve. Il veterinario non fumava più e guardava Courrier con una punta di gelosia. «Il vestito.»

« Cosa? Il vestito rosso? Il piccolo George è stato battezzato nell'acqua e nel fuoco, caro mio! Non è da molti. »

« È stata una stranezza tale! E chi se lo aspettava da una ragazza così modesta? »

« Ma non mi dirà che le stava male! Me lo dica francamente: le stava male? »

« Perché tornarci sopra, adesso che la cosa è finita? »

« Perché mi interessa il parere spassionato, se lei è spassionato » – e qui un'occhiata obliqua –, « su una cosa così... be', non poi così tanto ridicola. »

Sospirò profondo l'attempato veterinario. Certo che non era ridicola. Nel paese sperduto tra vulcani spenti, sepolto dalla neve di un inverno gelido, la fiamma rossa di Germaine riprese a brillare ai suoi occhi, e con particolare calore.

« Da dove mai poteva venire quel vestito? »

« Da casa mia. » E via una buona boccata di fumo ristoratore.

« Alphonse! Stai dicendo sul serio? »

« Era di mia madre. Credo che non lo avesse mai messo in vita sua. Troppo rosso per una donna del suo temperamento, troppo vistoso. È lo stesso problema di mia moglie; lo stesso delle donne per così dire eleganti e poco audaci. Questo genere produce sempre lo stampo delle buone madri di famiglia e delle migliori padrone di casa. Chi le incontra è fortunato. È il mio caso, caro dottore. Io sono un uomo fortunato. Ho una moglie che non si vestirebbe mai di rosso.

«Comunque, un vestito sprecato! Stava in un cassettone, nella stanza dei miei genitori, e non lo tirava fuori più nessuno da quarant'anni, credo. Agnès non lo aveva mai visto, non poteva neanche immaginare che ci fosse. Sa da dove viene?» E si avvicinò confidenziale all'amico. «Non lo immagina, scommetto.»

«Infatti, non lo immagino.» Poi, alla pausa studiata di silenzio di Alphonse: «E allora? Da dove viene?»

«Dal Mont-Dore. Dall'albergo delle terme, in centro città. Non ero nemmeno nato io, diciamo che poteva essere il 1865, più o meno. I miei erano appena appena sposati.»

«E tuo padre faceva regali simili a sua moglie?»

«No! Ma no, non ci avrebbe pensato mai, di suo. Gli capitò, così, senza volerlo.»

Il veterinario lo guardava con perplessità. Non sapeva se credere o no alla storia che gli stava raccontando. Il Mont-Dore era l'ombelico del mondo per i paesani dell'Alvernia, ma non ci andavano mai; era l'ombelico di un altro mondo, quello dei ricchi di città, dei parigini in vacanza. Bisognava avere soldi e spirito per andarci. Ai paesani poteva darsi che non mancassero i primi, ma lo spirito era assente.

«Cosa ci faceva tuo padre, all'albergo delle terme?»

Alphonse tirò una boccata di fumo, e accarezzò involontariamente il bottone a lutto che portava ancora sul risvolto della palandrana nera. «Non ci andava di solito, era stato un caso. Sa che mio padre faceva anche il mediatore di terreni. Si trattava di concludere un bell'affare con gente di Lione. Era meglio concluderlo fuori dagli occhi di quelli di qui, senza far rumore. Andò bene tutto, soddisfatti da tutte e due le parti, e mio padre ebbe, oltre al compenso, una notte pagata all'albergo delle terme.»

«E gli venne in mente di comperare un vestito a tua madre, come ricordo», dedusse il veterinario. Uomo senza fantasia! Avrebbe volentieri commentato Alphonse. Ma non gli piaceva essere sgarbato e nemmeno sarcastico; ognuno ha quel che gli offre la natura, meglio apprezzare quel che c'è, piuttosto che denigrare quel che manca.

«Il ricordo glielo lasciò qualcun altro, in camera, ben in vista su una sedia, la mattina dopo. Pensi, se n'era andata lasciandogli il suo vestito da sera!»

Il veterinario lo seguiva sempre più faticosamente. Inclinò leggermente il collo, per prendere le distanze dal narratore. «E cosa significava un gesto simile? Che senso aveva?»

«Per esempio un risarcimento a mia madre. O

una maniera molto acuta di ficcarsi per sempre tra mio padre e sua moglie. Chissà? »

« Ma chi era? »

« Il nome? Non ne ho la più pallida idea. Mi è stato detto solo che era una donna dal volto molto sgradevole. Si stupisce? Mi creda, non c'è niente di strano, può darsi che la bruttezza giochi un ruolo singolare » – abbassò il tono di voce, così, senza motivo – « le rende più generose, per esempio. Che poi, il volto non è che un frammento del tutto e ci ostiniamo a dargli tanta importanza. Anzi, vi ostinate, perché io, di mio, non lo pago un centesimo. »

Il veterinario, con una risatina: « E tua moglie? Perché l'hai scelta bella, allora? »

Alphonse lo guardò e ricambiò il sorriso, ma senza ironia alcuna. « Perché doveva essere una moglie. » Poteva giocarsi la casa che il veterinario non aveva capito! Lo osservò ancora meglio: « Ho detto una moglie, non mia moglie, è chiaro? E doveva essere una donna solida. Solida, ecco. Mi pare il modo giusto di vedere mia moglie. Solida e irreprensibile. Vede, non l'ho mai detto a nessuno, ma lei è mio amico. L'ho sposata con l'approvazione di un paese intero. Non è stato semplice, ma non era impossibile, come vede ».

A cosa credere meno? Alla storia inverosimile di un vestito rosso abbandonato in una camera d'albergo dopo una notte d'avventura, o alle ragioni collettive di un matrimonio? Tutto sommato, al momento, agli occhi del veterinario la storia del vestito ebbe la meglio; tanto più che mancavano alcuni passaggi per completarla.

« Ma come si fa a portare alla propria moglie il vestito smesso di un'altra? Ma con che... Insomma con che faccia e con quale giustificazione, mi domando. »

« Mai stato, eh, all'albergo delle terme al Mont-Dore? Basta una mancia alla persona giusta, alla cameriera del guardaroba, in questo caso. Fece stirare il vestito, procurare una di quelle scatole da sartoria e ripiegò il vestito, che pareva nuovo. Non era stato messo più di due o tre volte. »

« Ma esporsi così alle chiacchiere della servitù dell'albergo... »

« La servitù di un albergo avrebbe da chiacchierare anche solo ritirando la biancheria da bagno ogni mattina. Una stranezza in più è un dettaglio. Certo, magari questo dettaglio ha fatto il giro di qualche altra parte di Francia; dipende da dove veniva la guardarobiera. Chissà? Magari a Brantôme la conosce qualcuno, la storia del vestito rosso. O a Poitiers, per dire. »

« E com'è che tu la sai così bene, nei particolari? »

« Un padre racconta certe cose a un figlio. »

« Davvero? Non lo avrei detto; a me mio padre non raccontò nulla di simile », e colse negli occhi di Alphonse la lievissima sfumatura di

130

un'osservazione, naturalmente non detta, che cioè per raccontare certe cose bisogna averle vissute.

« E tu, cos'avrai da raccontare al tuo George, tra qualche anno? »

Alphonse Courrier si guardò intorno con un lieve umore negli occhi, contemplò la bottega che nella penombra si svelava al suo sguardo esperto in tutti i suoi angoli, tiepida come un'alcova.

« Aspetterò che i miei due figli siano grandi abbastanza e vedrò quel che potrò raccontare. »

« Due? »

« Due in agosto, precisamente, dottore. »

24.

Non ci fu una seconda volta per Germaine; il suo astro non brillò più nel cielo del paese. Il battesimo del piccolo Alain Courrier la lasciò nelle retrovie, spettatrice malinconica di un avvenimento che non la riguardava. Questa volta il ruolo di protagonista toccò alla sorella giovane di Agnès e al veterinario. Era stato di nuovo Alphonse a condurre la questione, assecondando un accenno di sua moglie all'opportunità, questa volta, di non fare stranezze. Glielo aveva chiesto con pacatezza, quando il bimbo non era ancora nato e certi brusii nell'aria le lasciavano capire che il paese, tra la sospensione e il gusto anticipato della sorpresa, si aspettava un secondo evento strepitoso.

E poiché a Courrier piaceva molto sorprendere, trovò che la soluzione migliore fosse offrire in pasto ai suoi concittadini la piatta normalità. Il corteo, uniformemente grigio, si snodò più silenzioso della volta precedente, più composto, in una giornata meno solare. Germaine si era presentata all'appuntamento con il vestito nero, confusa tra gli invitati in seconda battuta, in coda al gruppetto. Talmente in coda da finire accanto all'appartata, silenziosa donna brutta presente con discrezione umbratile a tutti gli avvenimenti del paese. Le due si salutarono appena, poi ognuna affondò nelle sue considerazioni. Quelle di Germaine erano velate di nostalgia e amare di disillusione. Glielo si leggeva in faccia; la faccia dell'altra era una casa senza finestre; dentro poteva esserci tutto o niente. Madame Chinot la salutò con un cenno del capo. Nemmeno a lei riusciva di provare curiosità per un essere tanto scarno e senza segreti. Viveva con i fratelli più grandi, falegnami, e stava anche in bottega qualche volta, all'occorrenza faceva per loro mestieri di manovalanza dura, un lavoro da garzoni di fatica. Ormai era chiaro che non fosse donna da sposarsi, a nessuno sarebbe venuto in mente di portarsela a casa con tutti i sacri crismi delle nozze, e del resto lei non aveva mai manifestato voglia o rimpianto di una famiglia sua.

L'Adèle di cui parliamo aveva fama, se si può parlare di fama, di essere una specie di selvatica. Quando veniva in paese, aveva fretta sempre, non indugiava a scambiar quattro parole con nessuno, non perdeva tempo. Le ore di luce sembravano assolutamente preziose per lei. In realtà era un animale notturno; o meglio era un animale dalla duplice fisionomia. Non vorrei, insistendo sul termine « animale », parere irriverente; è piut-

133

tosto da intendersi, tale termine, nel segno della fusione tra essere animato e dotato di anima; lo dice anche Dante Alighieri!

Ebbene, Adèle era un perfetto intero, tanto più tale in quanto sapeva tenere insieme le sue due metà, la metà diurna e quella notturna. Il suo essere animato si estrinsecava di giorno, nella forza fisica del lavoro, nel silenzio ostinato con tutti, in un'obbedienza da mulo. La sua anima si liberava di notte.

Se mai al mondo è esistita una donna fedele, quella fu Adèle Joffre. La fedeltà può discendere talvolta dalla mancanza di fantasia, o dalla soggezione alle convenzioni, o dall'abitudine. Nel caso di Adèle fu puro amore. È persino imbarazzante parlarne.

«La bruttezza le rende generose», cito quasi testualmente Alphonse Courrier; lo aveva detto lui, in una sera di confidenze invernali, al suo amico veterinario, il quale era lontano dall'immaginare a quale scuola facesse riferimento una tale considerazione. Aveva pensato a una osservazione teorica, a una reminiscenza paterna, più che a una questione pragmatica, e invece Courrier parlava con la competenza di chi ha toccato con mano. Adèle era stata la palestra delle esercitazioni sessuali di Alphonse giovane, una cosa che capita di norma a tanti ragazzi alla prima esperienza; poi la dimenticano e passano oltre. Ma qualcosa in quel passar oltre gli aveva incancrenito l'anima. Non si vedeva di fuori: per il mondo Alphonse Courrier era un uomo solare e ben fornito dalla sorte. Agli angoli della bocca portava due rughe incise, che vengono talvolta a coloro che simulano felicità; deve essere lo sforzo muscolare della risata finta, che va sostenuta più del dovuto e genera una deformazione in tutto somigliante alla maschera dell'Apollo di Veio, per chi lo conosca. Accuratamente nascosta sotto la barba corta, questa tensione era ignota a tutti e lo stesso Courrier, leggendosela in faccia, si sarebbe stupito di doverle dare un tale significato. Però, quando gli accadde per caso di incontrare di nuovo la bocca di Adèle sul suo cammino, sentì stendersi i tratti del volto. L'Apollo di Veio diventò l'auriga di Delfi.

La incontrava di notte, per una parte della notte, due volte alla settimana; parrebbero una mancanza di fantasia questi *rendez-vous* impiegatizi a giorni stabiliti. E invece avevano un risvolto curioso di conforto: la vita di entrambi correva su un binario stabilito, poi il martedì e il venerdì uno scarto di tensione rallentava la corsa, loro due potevano scendere e riposare, nella quiete di una bottega chiusa in inverno, in estate qualche volta ancora in un fienile (ma qui con ben più prudenza, perché i fienili sono luoghi comunque molto frequentati).

Tutte le storie hanno un dentro e un fuori; da fuori, nell'ipotesi che qualcuno conoscesse la storia di Alphonse Courrier, egli sarebbe parso a giusta ragione un avido. Una moglie ufficiale, piuttosto bella, due figli ufficiali piuttosto ben riusciti e il piccolo gusto borghese della trasgressione con un'amante segreta. Aggiungiamo che questa amante, a differenza di quel che si racconta nei romanzi d'appendice, non gli costava esattamente nulla. Uomo fortunato davvero! Ma non avido. La fortuna di Alphonse Courrier in questo specifico frangente era d'altra natura: indipendente, come tutte le vere fortune, dalla sua volontà, discendeva da un fatto semplicissimo: il corpo di Adèle andava d'accordo con il suo. Nel cammino della civiltà questo è pochissimo, anzi irrilevante. Ma nel cammino di un individuo qualunque che abita in un villaggio dell'Alvernia è molto. Sarebbe molto anche se abitasse in un'altra regione, a dire il vero!

Se Alphonse se ne fosse accorto prima, l'avrebbe sposata, questa sua Adèle? Nemmeno per idea: l'intesa di due corpi non ha niente a che vedere con questioni di anagrafe, stato di famiglia, patrimonio... Questo almeno era stato il fermo convincimento del negoziante di ferramenta, quando a suo tempo si era organizzata una vita solida e inespugnabile.

Con il braccio sotto la testa di Adèle, semisdraiato sulle coperte stese sul pavimento, Alphonse socchiuse gli occhi. « Da quanto tempo sono sposato, Adèle? »

« Da sette anni. »

Le accarezzò una guancia che aveva la morbidezza della pelle di un bambino; adesso lo poteva dire con cognizione di causa. Sette anni e due figli, sempre a guardare le cose dal di fuori, erano un bilancio discreto. Due figli nati negli ultimi due anni; due anni circa di amore puntuale con questa donna, che di lì a mezz'ora si sarebbe rivestita, sarebbe uscita sola nella notte, dalla porta dietro la bottega, e avrebbe guadagnato casa sua come se fosse la cosa più naturale del mondo. Al buio le piantò gli occhi in faccia, vicinissimo. Era davvero brutta; ma i suoi due figli li doveva a lei.

25.

I suoi figli, appunto. Nel 1907 erano due, di buona salute entrambi, ma ancora troppo piccoli per potersi fare un'idea di loro. Al momento, per quanto si dica della voce del sangue, gli erano ancora estranei: era una considerazione che Alphonse tenne per sé. Il suo amico veterinario, per esempio, dava a vedere di pensarla altrimenti: si provava già a dialogare con quegli estranei, e si adattava alla loro lingua, la imitava nelle sonorità gutturali che aveva acquisito con facilità. Chini insieme sulla culla dell'ultimo nato, o sul lettino del primo, Agnès e lui facevano un'ottima impressione di solidità quasi coniugale, mentre dal di fuori, appoggiato alla credenza col sigaro in bocca (ragione per cui gli era proibito avvicinarsi ai bimbi), Alphonse guardava il quadro con una sorta di affetto intenerito. E considerava la stranezza, il tiro incrociato di quei due concepimenti: maternità e paternità per qualche ragione nel suo caso avevano percorso vie sotterranee, venendo poi alla luce là dove tutti si aspettavano di vederle, rispettose di una norma antica come il mondo.

C'era però lungo quel percorso una deviazione che saltava all'occhio solo a lui; e non perché lui avesse un occhio più acuto.

Nei complimenti che la gente del paese faceva alla madre era rimarcata la partecipazione paterna: «Gli somigliano come gocce d'acqua», dicevano tutti. Era trasparente il lato consolatorio dell'osservazione (i bambini possono somigliare a chiunque in quella fase della loro evoluzione, ancora così neutri e insapori), leggibile il bisogno di confermare a lui, a lui appunto, che il suo contributo nella creazione era impresso a fuoco sulle fattezze dei piccoli. Era stato un contributo minimo, circoscritto e mirato. Questo era vero ed era onesto riconoscerlo: quando lui aveva deciso e voluto, i figli si erano fatti carne; Agnès era la donna più ricettiva che si potesse desiderare in merito. Questo Courrier l'aveva già capito fin dai primi tempi del matrimonio.

I complimenti della gente... A pensarci bene avevano un che di inquietante, conditi com'erano di una certa qual sospensione minacciosa. Nell'ammirazione per la bellezza del piccolo, il primo (Alphonse non lo trovava nemmeno tanto bello, a dir la verità), si diffondevano nell'augurio che fosse anche sano. Ma certo! E poi anche buono... come a dirgli: «Non credere di averla scampata del tutto, il difficile deve ancora venire, caro mio!» È sempre così insinuante la gente che augura!

139

Del resto lo sapeva benissimo lui per primo: che suo figlio in futuro potesse riuscire bello era un puro rispetto della matematica e della composizione chimica degli elementi. L'uomo non ha meriti in questo campo e l'ultimo a volerseli arrogare era Alphonse. Che fosse sano e buono, quello era un argomento più aggrovigliato, ed era appunto lì che il paese lo aspettava al varco. Come sarebbero cresciuti i suoi figli? Cominciò a domandarselo anche lui: meticolosi come la madre o larghi di mente come il padre? La miscela dei due temperamenti andava considerata poi nelle sue sfumature e nelle aggiunte di ingredienti indiretti, nei surrogati di paternità e maternità che i due bambini avrebbero incontrato lungo la via. Germaine aveva avuto il carattere della nullità subito espulsa come un corpo estraneo; ma il veterinario era invece il granello di sabbia che si insinua nelle valve della conchiglia, oltretutto era un granello carezzevole, si prendeva cura delle piccole perle in fieri e non aveva l'aria di irritare l'epidermide della madre. Agnès aveva cominciato a chiamarlo « il dottore » con deferenza confidente. Lungi da Alphonse provare quella che si chiama gelosia. In certi momenti di oscurità nella sua mente si aggirava piuttosto il sentore sordo di aver fatto di Agnès un contenitore *ad hoc*.

Si riprendeva subito, però, perché in fondo tutto coopera al bene, soprattutto nella filosofia di Alphonse Courrier. Ebbene, alla moglie aveva

regalato due figli, un ruolo riconosciuto nei ran-
ghi del paese, un ruolo prestigioso. Tutto è in
proporzione! Sua madre, un tempo, aveva ricevuto un abito rosso di cui non seppe mai che
fare.

26.

Nel 1908 Courrier era un uomo di quarantun anni. Per inciso, è l'anno in cui nacque mio padre, e mi sembra di dovergli da qui un tardivo benvenuto, del tutto inutile ai fini della storia che sto raccontando, ma in certo senso ho l'impressione che a lui sarebbe piaciuto riceverlo.

Chiuso l'inciso. Torniamo a noi. Dunque nel 1908 ad Alphonse Courrier non accadde apparentemente nulla; i suoi figli avevano rispettivamente tre e due anni, erano bambini per bene e cominciavano a bazzicare anche nella vita del padre. Al quale, in diretta proporzione alla loro crescita, sembrava di avvertire un accrescersi di tenerezza per la donna cui li doveva, per Adèle Joffre intendo.

È lecito, a questo punto, domandarsi come possa ragionevolmente accadere che in un paese di poche anime, alcune delle quali di prepotente curiosità, la storia segreta di Alphonse Courrier e di Adèle Joffre fosse ancora una storia segreta. Non è solo una questione di prudenza, perché anzi, in certi casi, la prudenza acuisce l'altrui ingegno. È invece un problema di metodo. Ricapitoliamo lo stato delle cose: tutti i martedì e i venerdì, salvo in caso di malattia (ma ce ne furono pochissime), i due si incontravano nell'oscurità e consumavano la loro relazione. A volte erano solo tenerezze e parole sussurrate. Courrier cominciava a parlarle: in questo senso le cose erano infatti lievemente cambiate, dal momento che Alphonse aveva scoperto in lei una ascoltatrice tenace e profonda, sicché tra i loro corpi, su cui passava in toto l'intesa che li univa, si era insinuato il germe della confidenza mentale. Era un pericolo da cui Alphonse non si era guardato mai, non se n'era mai curato, mentre Adèle non aveva paura di nulla per sé, se non in relazione alla difesa di un segreto che considerava vitale per Alphonse.

Eppure in un piccolo paese un segreto, volendo, si mantiene meglio che in una grande città. Tutto è circoscritto, le voci che vanno di casa in casa fanno tragitti talmente brevi da non correre il rischio di sperdersi in sentieri nascosti. È la volontà di comunicazione a fare da amplificatore di tutto, anche di quel che si credeva di voler mantenere sotto chiave. Si credeva di volerne fare un segreto, ma la determinazione ultima era altra in origine, ecco tutto. Il caso di Germaine era paradigmatico: tutti sapevano che la ragazza si era innamorata di Alphonse Courrier, ai tempi del vestito rosso, perché lei stessa aveva mandato segnali a tutto il villaggio; e ora tutti sapevano ugualmente che si sarebbe sposata con rassegnazione al birocciaio di un paese poco lontano. Non poteva essere un segreto (non il matrimonio, la rassegnazione), perché il senso di soffocazione che sarebbe seguito, se almeno con una persona non ne avesse fatto un vago cenno, l'avrebbe uccisa. E quell'unica persona avrebbe provveduto a cercare un'altra unica persona, e così via; con questo non sto traendo nessuna originale conclusione, è già un dato letterario, oltre che esistenziale.

Alphonse non aveva niente da comunicare a nessuno: al momento era perfettamente in pari col bilancio del dare e dell'avere del suo benessere, sicché il silenzio in proposito era del tutto ovvio e niente affatto faticoso da mantenere.

Naturalmente qualcuno aveva chiesto ad Agnès, con preoccupazione: « Ma suo marito lavora veramente troppo, alla sera qualche volta la luce in bottega è accesa fino a tardi ».

« Oh, non è solo per lavorare », aveva risposto sorridendo la signora. « A volte penso che la bottega sia il suo salotto. » Se lo diceva lei, ogni maldicenza moriva sulla bocca dell'interlocutore.

In quel salotto, in pieno giorno però e dopo tanto tempo da quando aveva smesso di lavorare in casa Courrier, era entrata anche Germaine. Servivano ganci per le tende della casa di sua madre e, mentre aspettava che il negoziante le preparasse i pezzi, si era guardata intorno piena di nostalgia, e quindi, sulla richiesta sorridente di lui: «Sono due franchi e trenta centesimi, Germaine», era scoppiata in un pianto dirotto, non prima di essersi accertata che nessuno bazzicasse nelle prossimità dell'ingresso. La guardò stupito Alphonse; sempre un uomo si stupisce del pianto di una donna, comunque si imbarazza. In questo caso poi, c'era il dubbio se allungare una mano consolatoria e fare, ormai era chiaro, un danno maggiore; o lasciare che quella desolazione si asciugasse da sé, sotto il suo sguardo compassionevole. Non trovò di meglio che puntare i gomiti sul banco, chiudersi la testa tra le mani e poi riemergere, accorato, con un: «Ma Dio! Ragazza mia, cosa può essere successo?» Il petto di Germaine era squassato dai singhiozzi, un petto niente affatto trascurabile, e Courrier allungò la mano fino alla mano della ragazza, le batté un colpetto con dolcezza, poi le sussurrò quasi all'orecchio un: «Allora?»

«Mi sposo», disse lei in un balbettio confuso, spezzando persino quelle tre sillabe e contorcendole.

«Lo so, Germaine; ci tenete tutte a sposarvi; anzi, mi sembra che tu abbia anche aspettato un po' più del dovuto. Cosa ti manca? Hai problemi di soldi per caso?»

Lo strabismo della ragazza era al parossismo, quando gli occhi le si torsero verso l'uomo che aveva amato e che aveva creduto la potesse a suo modo amare. Ebbene, sì: per Germaine, Alphonse era stato davvero preso di lei e solo il senso della famiglia, i figli, quei due figli che lei detestava dal profondo del cuore, l'uno più dell'altro anche se ne era la madrina, lo avevano trattenuto dall'abbandonarsi all'avventura delle sue braccia. Non ci vuole molto a passare dall'amore all'odio, basta percepire una volta un tono di voce poco convincente, o una frase infelice. Eccola lì, la frase infelice: « Hai bisogno di soldi? » e un torrente di veleno si rovesciò nel sangue della fidanzata del birocciaio.

Fermiamo un attimo la scena, perché nella mente di Germaine le cose erano state altrimenti immaginate. Dunque, lei sarebbe entrata nella bottega, avrebbe chiesto i ganci, poi sarebbe scoppiata a piangere – e fin qui tutto era andato alla perfezione –, allora lui, trascinato dall'emozione di lei, sopraffatto da un dolore lungamente represso – da quando tutto il paese sapeva di quelle nozze – l'avrebbe per la prima e unica volta in vita sua abbracciata e baciata. Sarebbe bastato quello e la vita di Germaine, il suo matrimonio sacrificale, tutto avrebbe avuto un senso: una di quelle memorie fissate indelebili nel passato, da cui prendere forza nei momenti dubbi, come spesso succede in letteratura. E perché no, allora, nella vita?

Cercò tra le lacrime i due franchi e trenta centesimi. Poi, con i singhiozzi in decrescendo, come un temporale che passa e cominci a spiovere: « Li ho, i soldi », balbettò, alludendo al piccolo conto che stava saldando, ma anche al suo matrimonio futuro, alla casa dove sarebbe andata a vivere, nell'altro villaggio, dove grazie a Dio non c'era nessun ferramenta.

« Germaine. » E la bocca di Alphonse si strinse in un sussurro tenero, quasi lezioso. Negli occhi della ragazza passò come un lampo il ricordo dell'allora sua acerrima rivale, risentì lo schiocco dello schiaffo che le aveva fatto orrore, come una profanazione. Allungò anche lei la mano, ma per afferrare il pacchetto dei ganci, si volse bruscamente, scivolò giù dallo zoccolo e sentì la torsione dolorosa della caviglia.

Finì di piangere in strada.

27.

« Un altro bicchiere? No? »

« No. »

« Ecco un uomo prudente! » sospirò Alphonse. « Non vivrete, voi prudenti, mica molto più di noi... Anche mia moglie è prudente e avveduta. Oltretutto la sa lunga su un sacco di cose, in genere e nello specifico. »

« Nello specifico di che? »

« Di me, caro il mio dottore, di me. Lei di me sa tutto. »

« Mi pare normale nella vita di due coniugi. Io non sono evidentemente esperto in questa questione, ma... »

« Ma lei sa tutto, eh, già. »

L'occhio azzurro di Courrier era appena appena appannato, la voce aveva una fragilità anomala e si sarebbe spezzata da un momento all'altro. La bottiglia di Calvados, davanti a lui, era scesa di livello in modo preoccupante. Il veterinario osservava per la prima volta il suo amico in uno stato di scarso controllo, ed era strano, come se gli stesse davanti, per ipotesi, in giacca e cravatta ma senza calzoni; e non era da lui.

Alphonse allungò la mano ancora verso la bottiglia, la resse con un lieve tremito, poi la lasciò ricadere sul tavolo, senza versare niente. Si raddrizzò meglio sul busto, tolse gli occhiali, si passò una mano sugli occhi e parve riprendersi: « Sembro poco lucido, vero? »

Il veterinario annuì, imbarazzato.

« Mi domandi perché. Io non lo faccio mai, di bere intendo. Non ho mai bevuto in vita mia, ma in questo momento potrei anche decidere di andare avanti ancora un pochino su questa strada per vedere come va a finire quando si perde del tutto la testa. Per l'alcol, voglio dire. » Fece una pausa di intonazione teatrale. « Sa che Germaine si sposa, vero? Sa che va a vivere in un villaggio poco lontano da qui? E sa che la ragazza è venuta a piangere nel mio negozio? No, questo non lo sa; piangere in un negozio di ferramenta! Che è meno poetico che piangere di dolore in una stalla; mi scusi, deve essere la sua presenza a farmi venire in mente il paragone. Mi scusi ancora. Ma adesso sono lucido. Sa lei perché Germaine si sposa? »

Il veterinario non si era ancora ripreso dal paragone con la stalla, forse non aveva nemmeno afferrato bene l'allusione a se stesso... No, non sapeva perché Germaine si sposasse.

« Perché tutte le donne si sposano, dottore, e

anche gli uomini dovrebbero. Io, al tempo, ho fatto il mio dovere, e ora è lei » – e gli puntò un discreto indice contro – « in difetto. Ho fatto il mio dovere e ho fatto due figli; lei, invece, si aggrappa ai figli degli altri. Non gliela rinfaccio, amico mio, quello che ho gliela offro volentieri, tutto intero. Prenda pure », e si inchinò leggermente al veterinario, in una specie di omaggio clownesco.

« Alphonse, ma mi sembri impazzito. E Germaine, cosa c'entra? »

« Ah, appunto. Si parlava di come mai Germaine si sposi con un uomo che non le va. È vero che la ragazza ha poca scelta; ma questa scelta non l'ha fatta lei. » Abbassò la voce da vero cospiratore, attirò a sé il riluttante veterinario e sussurrò: « L'ha fatta la piccola Agnès Duval maritata Courrier. Mia moglie ».

Devo aver dimenticato di dire dove si stesse dipanando il singolare dipinto di Alphonse ebbro e del veterinario sobrio, su quale sfondo e di quali tinte lo si deve vedere pitturato; ma è facile immaginarlo: la bottega, di notte, alla luce discreta della lampada a petrolio che getta ombre dorate e sfumature d'ambra sui volti, inghiottendo nella tenebra il resto della scena. Una perfetta tela fiamminga, azzarderei a dire la visione di Geremia, comunque un Rembrandt, fosse pure minore. Ma non poi tanto minore, se dobbiamo dipingere la costernazione che si diffondeva sul volto del veterinario.

«Alphonse, è come se tu stessi accusando tua moglie di aver tramato per...»

«Non è 'come se' e non è nemmeno un'accusa: io sono sempre più ammirato dalla bravura di questa donna nel tessere le sue trame, da perfetto ragno domestico che non sbaglia il tiro della sua bava di un centesimo di millimetro. Assolutamente ammirato, caro mio!» Questa volta ci ribevve sopra. «Lei che è più in contatto di me con mia moglie, la prego, le porga i miei omaggi devoti. Poi, più in là, glieli porgerò anch'io.»

«Ma non vi parlate, adesso?»

«Come no! In casa regna l'armonia e i nostri figli crescono nella serenità. È per questo che non allungo omaggi di questo genere per via diretta. La serenità comporta il silenzio, la discrezione, la riservatezza. Ognuno a casa propria; che la casa sia la stessa, non autorizza nessuno dei due a farne un uso indiscreto e troppo personale.»

Il quadro fiammingo stava diventando come *Las meniñas*, un primo piano illusorio che rimanda a uno specchio, sul cui sfondo si vedono i protagonisti del vero dipinto, che però sfuggono all'attenzione dell'osservatore, il quale... e così via. Il veterinario aveva pochissima confidenza con i quadri. Quello della famiglia Courrier cominciava a sembrargli spaventosamente oscuro. Poi credette di avere una specie di illuminazione: Agnès Courrier era stata gelosa della brutta Germaine (?) e l'aveva deliberatamente allontanata addirittura dal paese. È vero che la gelosia ha i fondamenti più strani.

«Ma lei, dottore, non è esattamente gelosa di me.»

Il dottore sussultò, perché Alphonse sembrava avergli letto nel pensiero. «Non è questo il nocciolo della questione; è solo disturbata dal ronzio di mosche insignificanti. Le mosche non fanno male, ma sono noiose, soprattutto se se ne ammazza una e ne vengono avanti altre dieci. Nondimeno, si continua ad ammazzare quell'una che capita a tiro, con l'illusione di aver dato un esempio a tutte. Il mio ragno domestico sapientemente lavora. Agnès ha una mira infallibile, quando decide di colpire. E ha una scelta ancora più precisa delle armi: un matrimonio! Basta» – e allontanò da sé la bottiglia – «questa sera non ne andrà più giù un goccio.» Il silenzio cadde sul quadro, un silenzio lungo e ostinato. Tuttavia Alphonse non aveva ancora esaurito la materia, un grumo sul pennello gli era rimasto: lo rimpastò dentro, lo sciolse in una pennellata morbida, lo bagnò persino del liquido dei suoi umori lacrimali, da ubriaco, e stese sulla tela l'ultima passata: «Vede, dottore, si colpiscono sempre solo le mosche».

28.

UN paese un po' prima del matrimonio. Un paese è una struttura di condivisione, nel bene e nel male, comunque un luogo che partecipa, più ancora che un luogo dove si partecipa.

Si sposò a primavera, naturalmente, primavera del 1909, ad aprile. Non volle Alphonse Courrier come testimone di nozze. Tentò persino di non averlo tra gli ospiti, ma questo era chiedere troppo alla pazienza di sua madre e dare troppo alle chiacchiere del paese. I due Courrier, corredati di figli, sarebbero stati, se non in prima fila, in discreta posizione e avrebbero fatto bene la loro parte. Agnès si curò del regalo alla sposa, una teiera di porcellana che era costata, a vedersi, una cifra e veniva dalla città. Alphonse si curò di non farsi notare ed era sicuro di riuscirci senza sforzo; sua moglie era un eccellente paravento. Approfittò del ruolo defilato che gli toccava per lasciarsi andare alla cerimonia: non gli era successo nemmeno durante il suo matrimonio. Ascoltò bene le parole del vecchio prete, ascoltò bene il tono di solennità che scendeva sulla gente e che, chissà per quale alchimia, lo ferì nel profondo. Da qualche parte, nella chiesa, Adèle Joffre era presente. I due sposi si scambiarono gli anelli, questa volta non c'erano bambini a portare il cuscino e se li cavò di tasca lui, il birocciaio, senza tante cerimonie.

Alphonse, allora, prese a girare il suo anello sul dito, lentamente, a fatica, finché la fede, smossa dalla sua sede abituale, sembrò avere un'impennata di libertà. Nel silenzio generale, sul pavimento di pietra della chiesa scura tintinnò repentino un brillio d'oro e il cerchietto prese a rotolare, sgusciò da sotto l'inginocchiatoio della fila di panche e planò allegro nel mezzo della navata.

Dopo la storia del moccio al naso, questo fu il secondo nefasto incidente nella vita di Alphonse. Tutti rivolsero la loro attenzione alla fede d'oro sul pavimento, anche Alphonse; nel brusio generale, ognuno fece delle considerazioni, esplicitate o no non importava. Trasparivano comunque dalle occhiate curiose e dalle risatine. Credo che nessuno dei presenti avesse, allora, nozione alcuna delle teorie di Sigmund Freud. Il medico in questione non era ancora assurto alla fama attuale, e naturalmente un villaggio dell'Alvernia non era un punto di facile penetrazione per quel tipo di fama. Ma anche senza Sigmund Freud e le sue teorie sui gesti inconsci e sulle azioni mancate, ognuno arrivò da sé a trarre conclusioni su un

distinto commerciante che, nel pieno di una cerimonia nuziale, allo scambio degli anelli della
coppia, buttasse così clamorosamente a terra il
suo. È vero, non lo aveva buttato; gli era scivolato dal dito. Ma anche il più ignorante dei paesani, il più rozzo, sapeva che ogni effetto ha una
causa, che ogni causa materiale ha un qualche
moto, una pulsione profonda che la origina. Se
Alphonse Courrier aveva perso l'anello, mentre
Germaine si infilava il suo e si legava per sempre
al birocciaio, voleva dire che le due cose non erano disgiunte, volente o nolente che fosse l'avve-
duto Alphonse.

Più avveduta di lui, Agnès spinse delicatamente il piccolo George e, indicandogli l'oggetto della generale attenzione, lo sollecitò a toglierlo da
lì, dal pavimento, per ridarlo al padre. Il bambino trotterellò nel corridoio centrale e lo raccolse.

Tutto tornò nell'ordine, il parroco riprese la
celebrazione, ma la sostanza delle cose non fu più
quella di prima. Madame Chinot si limitò a una
gomitata nel fianco del marito, a un'occhiata allu-
siva alla vicina di banco, a un sorriso salace a sua
figlia, una fila indietro, e dovette fermarsi lì, per il
momento, mancandole altri strumenti di comunicazione. La parola, data la situazione, le era rigorosamente interdetta, ma si sarebbe rifatta dopo;
così sui due piedi le occorreva solo infilare alcune
rapide imbastiture; al ricamo avrebbe provveduto poi.

Non entro nel merito delle tacite considerazioni di Madame Alphonse Courrier, che si piegò in una riconoscente, dolcissima carezza sullà testa del figlio, mentre questi dava l'anello al padre e in una stretta più convulsa al piccolo braccio di Alain, cui sembrò che una morsa stritolasse l'omero. Non guardò nemmeno per un minuto il marito, solo con la coda dell'occhio si accorse che costui non si era reinfilato l'anello, che aveva invece confusamente cacciato in tasca.

Poiché la chiesa era piccola e la gente assiepata, sarebbe lungo considerare le diverse valutazioni dei presenti, dalle più ovvie alle più contorte. Persino il vestito rosso del battesimo, qualche anno prima, aveva prodotto minor effetto.

Alla bevuta generale che seguì la cerimonia sotto il *berceau* dell'osteria, dove la bicchierata era distesa al sole tiepido, nessuno affrontò, né per scherzo né sul serio, l'argomento con il diretto interessato, sebbene tutti ne parlassero con tutti. Non ci fu matrimonio più riuscito e più interessante di quello.

Germaine partì sul biroccio del suo sposo alla fine di una giornata memorabile. Si lasciava dietro un paese infervorato, e portava con sé, nella nuova casa e nel nuovo villaggio, una singolare illusione. Non ci aveva sperato più, meno che mai il giorno della sua umiliazione nella bottega, non vi aveva proprio più sperato; eppure, al momento delle sue nozze, il signor Courrier aveva gettato via l'anello. Seduta sul biroccio traballante, e sfarzoso per l'occasione, del marito, uscì trionfalmente dal paese, portando con sé quella che si riteneva in diritto di considerare una velata dichiarazione.

Non c'è come il sentirsi amati per essere a propria volta disposti alla benevolenza verso il prossimo, persino verso quell'ingombrante prossimo che era suo marito, Jacques Lavalle. Lo seguiva ora con la leggerezza soddisfatta di chi, comunque, ha avuto quel che voleva; e l'aveva avuto davanti a tutto il paese, a dispetto dell'arcigna signora Courrier, su cui sentiva di aver riportato una vittoria esemplare. Quella notte, nella sua nuova casa, lasciò fare a suo marito come se la cosa non la riguardasse. Corpo e anima si possono scindere con una tale facilità!

Quanto a lui, Jacques Lavalle, non ebbe il minimo dubbio che le cose fossero andate benissimo. L'anello di Alphonse Courrier non doveva averlo né visto né sentito.

29.

DALL'APRILE 1909 agli inizi del 1910 gli affari di
Alphonse Courrier andarono benissimo; parevano incrementarsi per una serie di elementi tra loro connessi da una carsica continuità. Poiché
Germaine era uscita dal suo villaggio consolata,
per non dire appagata, dal proprio destino, il villaggio d'adozione ebbe un occhio di attento ri-
guardo alla bottega di ferramenta di cui la sposa
parlava alle nuove vicine con competenza appas-
sionata.

«Ci ho lavorato!» diceva con sussiego. «Conosco bene il posto. Qualsiasi cosa tu gli chiedi,
non manca niente. Un uomo con un bel cervello
a mandare avanti una cosa così grossa!» E si
gonfiava anche lei di orgoglio riflesso; le sarebbe
piaciuta qualche domanda in più in merito, ma
fosse invidia delle altre, fosse eccesso di informazione e curiosità già altrimenti appagata, le nuove
amiche non volevano sapere di più da lei. La lasciavano lì, con l'aria sognante a ricordare il luogo della sua passione, che avrebbe volentieri descritto nei particolari. Particolari a cui provvede-

158

vano in proprio le altre, mandandoci mariti e fratelli a comperare e tormentandoli poi di quesiti, cui costoro riuscivano appena a rispondere, ignari com'erano del loro ruolo di spie. Ma alla bottega tornavano, e allargavano il cerchio intorno a Courrier.

Il nuovo villaggio di Germaine sorgeva in alto, in cima alle colline, e si apriva su un paesaggio ben diverso da quello a cui era abituata nel buco da cui proveniva, chiuso tra bocche di vulcano che erano laghi profondi, con le case strette l'una all'altra, sicché dalla finestra spii la vita del tuo vicino. La casa di Germaine, la nuova casa, invece aveva un lato intero sulla vallata, scoperto alla vista della strada che scendeva tra i campi e correva verso il suo paese d'origine. Nel fondo, un attimo prima che una curva chiudesse l'orizzonte, si scorgeva la falegnameria dei Joffre, una casa al confine tra i due paesi, grande e sporta all'infuori. L'avanti e indietro più frequente tra i due villaggi, soprattutto nel primo periodo del matrimonio, portò Germaine a costeggiare il casone che prima aveva quasi ignorato, e le succedeva di dare un'occhiata distratta al cortile e alla falegnameria. Era un cortile grande, pieno di assi piallate impilate sotto una tettoia e di sacchi di trucioli e segatura. Era sempre polveroso, lo erano anche gli uomini che ci lavoravano. Non sporchi, polverosi. La loro sorella, quella Adèle che Germaine conosceva approssimativamente, come tutto il paese del resto, quella polvere ce l'aveva addosso anche lei. Anche se non stava in bottega più come prima, quando era giovane, di quell'umore di legno che circolava per tutta la casa non si sarebbe liberata più. Sapeva lei stessa di legno segato di fresco. Con Germaine si salutava appena. La sposina aveva un po' di sussiego, e poco o niente da spartire con la goffa zitella che nessuno aveva voluto.

Non so dire se sia una condizione sociologicamente dimostrata, ma sembra che il matrimonio cambi certe carte in tavola; la ragazza strabica e sbiadita stava crescendo in stima di sé secondo una progressione geometrica e la stima di sé porta a modificare atteggiamenti, toni, persino posture. Il mondo le aveva riconosciuto un posto, la faceva di qualcuno (non so se è solo delle donne o del genere umano questa stranezza che per essere si debba essere di qualcuno) e la gratificava del ruolo, se non del titolo, di signora. Germaine diventò superba. Elargiva un'ostentata bonomia su tutti, sfoggiava la sua felicità; del matrimonio aveva messo in chiaro la parte sociale, l'altra, quella affettiva, non vedeva ancora che funzione dovesse avere. Stava così bene nella nuova condizione Germaine, che si dimenticò persino di amare Alphonse Courrier. Comunque, a quel punto, di bene alla bottega ne aveva già fatto molto.

« Ho tanto da fare in casa, mio marito è stato

abituato troppo bene in famiglia e mi tocca man-
tenergli tutto, la pulizia, la cucina, tutto come faceva sua madre», sospirava affettata un giorno
con Madame Chinot, aspettando il suo turno di
spesa. Tornava lì, perché si fidava e perché aveva
più cose da raccontare sulla vita coniugale di
quanto, al paese adottivo, ne avesse da dire sul
tempo del nubilato.

«Sei fortunata, Germaine, hai una bella casa,
un buon marito, tua madre sta bene di salute, e
te ne sei andata da un paese pettegolo», rispose a
bassa voce la Chinot.

«Come, pettegolo?» si incuriosì la ragazza e
per un attimo ripiombò nell'insicurezza che le
rendeva randagi gli occhi.

«Gesù, ragazza mia, di te non si sarebbe detto
che dovessi tirar fuori un tale vespaio, e sempre
in chiesa.»

Germaine ritrovò il controllo dei movimenti
oculari, certo, il battesimo, anni prima, poi il suo
matrimonio con quello strano strascico di voci...
«Ma non se ne parlerà ancora, no?»

Madame Chinot sospirò e avvolse intorno al
dito una fettuccia che una volta era stata bianca,
poi la svolse, la avvoltolò stretta su se stessa fino a
farne un rotolino e lo ripose accuratamente nella
tasca del grembiule: «Tu te ne sei andata, ti sei
scrollata tutto di dosso; a noi qui qualche cosa è
rimasto in sospeso, nell'orecchio. Ma tu, con i
Courrier, hai mai più avuto occasione...?»

Si era proprio dimenticata di averlo amato e le tornò in quel momento una vampata di calore, ma fu questione di un attimo. No, non li aveva più visti, se non dalla finestra della casa di sua madre, un saluto e, una volta, uno sguardo più dolce di lui, ne era sicura. Ma apparteneva al passato. « No. E... come stanno? »

Un altro respiro profondo. Per la Chinot, i Courrier erano un cruccio; la lasciavano sospesa, senza certezze, fin dal tempo della povera vecchia signora, quell'abitudine a dire e non dire, quel non avere il coraggio di esporsi, da amici, santo Dio, da amici! E la nuova signora, nuova per dire ormai, era anche peggio. Superba e ostinata. A Germaine, per la prima volta in vita sua, accadde di pensare che la superbia della Courrier fosse una bella cosa; da lei aveva imparato molto.

Lasciò poco dopo la macellaia che stava quasi chiudendo, passò dalla piazza e dette un'occhiata alla bottega dai battenti semiaccostati. Era già sera avanzata, di un autunno tiepido, invitante. Il birocciaio sarebbe tornato tardi e, quanto alla strada, Germaine la conosceva a memoria, poteva prenderla con comodo. Non c'era fretta.

Bussò alla porta della bottega e spinse il battente prima di aver ottenuto risposta. Dentro era buio, nel buio brillava il sigaro acceso e l'oro degli occhiali, dietro le lenti si agitò l'azzurro incupito di due occhi sorpresi. Anche la voce era scura. « Oh, Germaine, come mai a quest'ora? »

« Passavo. Sto tornando a casa e passavo di qui e ho pensato di farle un saluto, Alphonse. » (Il giorno dopo, a tavola con sua moglie: « Mi ha chiamato 'Alphonse', figurati. La prossima volta arriviamo al tu ». E Agnès, la maestra, ha un impercettibile moto di assenso, non si sa se allo stupore del marito o ai progressi dell'allieva.)

Il silenzio di Courrier dopo questa profferta avrebbe, in altre stagioni, sgretolato l'animo di Germaine; non più ora. È lei a prendere possesso della bottega, ad accostarsi al banco con aria sicura, ad alzare con provocante lentezza il braccio per accomodarsi i capelli acconciati a chignon sulla nuca. La condotta di Courrier è prudente. « Ti trovo bene. Sei persino ingrassata. E fai la strada di ritorno da sola, adesso. O ti viene a prendere tuo marito? È già buio. » Un'occhiata rapida alla cipolla che porta legata alla cintura dei pantaloni. « Sto chiudendo anch'io ormai. »

« Il martedì sera mio marito torna tardi, ha un giro di consegne più lungo, non arriva mai prima delle undici. » C'è da pensare che quello che la sciapa Germaine non avrebbe mai osato sia invece nelle corde di Madame Lavalle. Ecco a cosa serve un matrimonio! Ma questa è una considerazione solo di Alphonse Courrier. Ed è una considerazione malevola: la piccola Germaine sta invece provando l'ebbrezza di non trepidare davanti a lui, di non vibrare d'emozione. Molto di più di una profferta invitante!

Lo guarda fermamente, sebbene un occhio sembri inchiodato sulla scansia di sinistra, sorride larga, tirando una riga sulle lacrime che qui aveva versato tempo prima, e si stacca dal banco.

« Comunque è ora che mi incammini, viene anche più fresco a quest'ora. Stia bene, Alphonse. »

Immaginiamo una veduta dall'alto dell'edificio in cui sta la bottega di Alphonse Courrier: la porta sulla piazza viene richiusa e la figura solida di una donna ancheggiante si allontana; dal retro, lungo la via angusta e buia parallela alla piazza, si avvicina un'altra donna vestita di scuro, entra senza bussare da una porta socchiusa. Intanto l'altra, curvando improvvisamente a destra, si è affacciata sulla strada del retrobottega. Purtroppo per lei, con un attimo di ritardo.

30.

E ORA un attimo di pausa per osservare nel complesso, se possibile, la situazione e valutare sulla
scacchiera la posizione dei singoli pezzi. In questi
frangenti, letterariamente, si usa spesso il paragone della partita a scacchi, che è però vecchio,
noioso e ormai troppo scopertamente metaforico.
Perché non introdurre un altro gioco? Il biliardo
per esempio: facciamo che il paese di Alphonse
Courrier sia invece un tavolo da biliardo, non
esattamente così levigato (come del resto non sarebbe una scacchiera perfettamente suddivisa); le
grosse biglie di avorio denunciano nell'ordine
sparso una partita già cominciata e noi cerchiamo
di capire come si stiano comportando i giocatori.
Naturalmente l'antropomorfismo degli scacchi è
più convincente e più nobile in apparenza della
rotondità di una palla sul panno verde; ma per
una serie di considerazioni mi sono convinta che
il gioco degli scacchi non è affatto più intelligente
del calcolo balistico che un esperto di biliardo
debba fare. Calcolo che si deve combinare con la
destrezza manuale, la fermezza del polso e l'oc-

chio! Solo, illuminato dal fascio della lampada centrale che inquadra il grande tavolo, il giocatore usa della mente e del braccio, della precisione del tiro e della complessità del ragionamento. Un uomo che giochi a bigliardo bene è uno spettacolo per i suoi simili: mentre si aggira intorno al tavolo, ha la lentezza dei movimenti acquatici, poi d'improvviso si concentra e, raccolte le forze, allunga la stecca verso il proiettile, è questione di un attimo, in una frazione di secondo sconvolge l'immobilità del paesaggio sul tavolo, scatena un movimento frenetico, e lo scatena, se è abile, esattamente come vuole lui!

Credo che pochi altri esercizi sottendano questa energia statica per convertirla con tanta efficacia in dinamica. Riconsideriamo il quadro della situazione un attimo dopo, quando gli ultimi echi del sisma si perdono nell'inerzia di fine corsa delle biglie. Come una città appena terremotata, il tavolo verde è sospeso ad aspettare l'altro colpo che tornerà a rovesciare il suo assetto.

Tutto questo per dire che appunto il paese di Alphonse Courrier, ben più che una scacchiera, avrebbe potuto essere uno di quegli splendidi mobili che troneggiano nelle case di campagna dei signori inglesi, in quiete fintanto che le stecche sono nella rastrelliera e a nessuno viene in mente di metterci mano.

Quella inquadratura dall'alto, del tutto casuale, cui si accennava prima potrebbe benissimo mettere in luce uno scorcio oscuro, una possibilità insospettata. Se, appunto, il Giocatore, quest'ipotetico essere fatale che governa i tempi e le azioni degli uomini, avesse mosso la sua stecca una frazione di secondo prima, la palla Germaine si sarebbe scontrata con la palla Adèle, o l'avrebbe vista rotolare inesorabile verso la buca del retrobottega di Alphonse. E allora? Allora di fantasia ne occorrerebbe poca per intuire che razza di sisma avrebbe agitato l'intero tavolo!

Nelle relazioni segrete c'è spesso il gusto di negare agli altri la conoscenza, ed è per qualcuno un esercizio di potere gratificante come l'ostentazione. Chiusi nel proprio segreto, ci si sottrae al giudizio del mondo, ma da lì lo si giudica. A Courrier questa posizione era sempre molto piaciuta, l'aveva amministrata però con magnanimità; in realtà la seconda parte dell'esercizio non era nelle sue corde, non giudicava, tutt'al più comprendeva avendo tutte le carte in regola per farlo. Sicché il suo segreto non era uno strumento di potere, non era nemmeno – non del tutto – paura del giudizio altrui. Era riservatezza, qualità quasi in estinzione tra gli uomini. Perché celebrare agli occhi di tutti la propria intimità con una donna? Il rito sociale aveva richiesto la sua tassa e l'aveva incassata, il contributo alla continuità del genere umano era stato versato; nessuno gli avrebbe potuto chiedere di più. Dire che Courrier fosse a posto col mondo intero era dir poco;

era a posto con la sua stessa coscienza. Che è molto di più.

Però quella tarda sera Alphonse non fu all'altezza della sua storia con Adèle, cui dichiarò lealmente forfait e rimase stupito e immusonito a ricevere le carezze consolatorie di lei. Forse per la prima volta in vita sua un lampo di paura, o almeno l'immaginazione della paura gli aveva attraversato la mente, paralizzandolo. Lo aveva agghiacciato l'idea che altri, non necessariamente sua moglie, ma altri potesse penetrare il segreto di anni.

Sentiva le mani ruvide di Adèle passare e ripassare delicate sulla nuca e sui capelli; erano le carezze che si destinano a un animale, carezze metodiche e precise perché rappresentano il solo linguaggio possibile.

«Non è prudente che io venga qui venerdì sera.»

«Eh?» domandò lui, articolando male anche quella sorta di grugnito.

«Io non corro nessun rischio, e se anche... Che cosa mi importa? Ma tu, con una moglie, due bambini, tutto il paese che ti conosce...» E ancora una carezza dalla nuca, quasi contropelo.

«Anche te, ti conosce tutto il paese. E i tuoi fratelli?» Si puntò su un gomito, staccandosi un po' da lei, per guardarla come Adèle Joffre, che abitava fuori dal villaggio con due fratelli falegnami, la zitella che nessuno aveva voluto.

Da vicino, senza gli occhiali, la vide annebbiata, confusa. Sappiamo (non so se lo sapesse anche Courrier) che gli dei greci non si mostravano volentieri agli occhi dell'uomo, persino il Dio di Mosè era rimasto nella nebbia e nelle nuvole sul Sinai. Quel che si conosceva per sacro stava riposto nel segreto della cella del tempio, invisibile a tutti: qual era la cosa più sacra per Alphonse Courrier? Indugiò un momento prima di pensarlo anche solo tra sé; maneggiare certe parole non è facile. Dunque, quel che aveva di più sacro era Adèle Joffre.

«Va bene, niente venerdì.» La guardò rivestirsi con calma, perdere la sua forma di donna sotto una brutta sottana nera; la accompagnò alla porta, guardando bene in giro nel deserto della strada notturna. Che miracolo che in anni mai una sola finestra fosse rimasta illuminata sul vicolo!

31.

I FIGLI di Alphonse Courrier. Si direbbero dimenticati in un angolo. Eppure ci sono e crescono, accuditi da una madre severa ma giusta, mantenuti da un padre puntuale.

Al punto in cui siamo avranno all'incirca cinque e quattro anni, e attraversano la fase petulante della loro crescita, quella in cui bisogna amare molto i bambini per non provarne fastidio. Questo in generale, poi, specificamente, è vero che a ogni epoca, per non dire a ogni quadro sociale, corrisponde un modello di bambino con la sua relativa petulanza. Una foto primo Novecento e un ritratto settecentesco comparati parlano chiaro, già attraverso le fisionomie, di come lo stato delle cose cambi di era in era anche nell'infanzia.

I due bambini Courrier, per esempio, nati all'inizio del secolo, sono creature in bilico tra due mondi, in ogni senso; si lasciano alle spalle un secolo finito da poco, mentre il nuovo è incerto nei suoi movimenti, tanto che ne farà alcuni maldestri e precipiterà addirittura in una guerra. Poi, per tornare ai piccoli Courrier, la loro stessa posizione sociale è a mezzo: non ricchi e non poveri, rischiano la solitudine, presi tra due fuochi di incertezza. Hanno però nella madre un arbitro previdente: Madame Courrier pensava al loro futuro come a un investimento da farsi con lungimiranza. E questo investimento comportava scegliere a tempo e modo come e con chi farli crescere.

I veri ricchi nel paese c'erano, ed era a loro che si dirigeva l'attenzione della signora, cui comunque non faceva difetto il senso della misura: anzitutto a quei ricchi non si accedeva che moderatamente, e solo per esservi invitati di quando in quando. Lo aveva spiegato bene ai suoi due figli, per quanto ancora piccoli, e aveva trovato il modo di inculcare nelle loro teste questa idea. Se, avendo una volta sperimentato l'abbondanza di giochi dei loro più abbienti vicini, i piccoli tendevano a tornarvi, la madre li raggelava con un'alzata di sopracciglia così allarmata, così cupa, così insondabile nella minaccia sottintesa, da ammutolire qualsiasi replica. Tornavano sui loro passi, consapevoli di aver scampato un pericolo, e finivano col giocherellare da soli. Non si potevano adattare alla strada, come i loro coetanei di paese, avevano vestiti troppo per bene; non si adeguavano alle piccole risse nella polvere e alle fughe nei boschi intorno al villaggio, non era pensabile essere sorpresi dai vicini altolocati con le scarpe infangate. Così gravitavano spesso nell'orbita dei ricchi, in attesa di una chiamata. Il cenno tanto desiderato poteva venire da un momento all'altro, dalla finestra del palazzotto affacciato sulla piazza, da una serva che li adocchiava dal portone. Bisognava essere pronti. Statisticamente, tali chiamate si verificavano in una percentuale bassissima nel corso, diciamo, di una settimana, eppure i due piccoli Courrier non si risolvevano a uscire da quel tragico pendolo oscillante tra l'ansia dell'attesa e la noia, una condizione con cui rischiavano di familiarizzare troppo.

Finché un giorno il veterinario non li portò con sé. A rigore sarebbe toccato al padre farsi carico del loro dilemma, tanto più che il negozio affacciato sulla piazza era comunque strategico per essere notati. Ma i bambini non erano specificamente un ambito con cui Alphonse si trovasse in sintonia. Probabilmente non li capiva.

Dunque, il veterinario: venne una mattina con il biroccio che usava per i giri lunghi. Bussò alla porta col frustino ed entrò nella cucina, cogliendo Agnès non ancora in ordine, il che vuol dire con i capelli sciolti, spettinati e il grembiule non pulitissimo del giorno prima. Non è vero che le donne di prima mattina, appena sciolte dal sonno, siano più seducenti; a solleticare verso la seduzione è il passaggio mentale, pressoché spontaneo, all'idea del letto. Passaggio che il veterinario fece con perfetto automatismo. Non che in un tal frangente Agnès, o qualsiasi altra donna per lui, fosse lo stesso, non sarebbe vero nel modo più

172

assoluto; ma certo Agnès era stata più graziosa in cento altri momenti. Lei stessa, conscia del disordine con cui si presentava e a disagio, fu persino brusca con l'ospite. Poi si fermò, cogliendo nel socchiudersi degli occhi di lui un segno estraneo alla sua fisionomia. Estraneo anche al campo di conoscenze della signora Courrier, cui gli anni di matrimonio non avevano insegnato a riconoscere questo lato del temperamento maschile. I due si guardarono per una frazione di secondo, il tempo per la donna più fortunata del paese di capire che al mondo esisteva un abisso oscuro di felicità cui non le era ancora mai capitato di accedere.

« I bambini sono pronti in un attimo », disse Agnès col fiato corto.

« Non le dispiace, allora, che li porti con me per qualche ora? » domandò il veterinario con lo stesso affanno nella voce.

« Ma no, anzi, son sicura che si divertiranno con lei più che a starmi intorno qui a casa. Vado a vedere se si stanno vestendo », e indugiò un secondo prima di lasciare la stanza, quanto bastava per dare l'agio a lui di afferrarle il braccio in una morsa che la sciolse tutta.

« Vergine santa! » mormorò Agnès, staccando le labbra dalla bocca di lui, cui sfuggì un involontario: « Dio buono ». Poi corsero tutti e due con lo sguardo al vano semiaperto della porta, per fortuna vuoto.

Per i bambini fu una giornata indimenticabile.

Percorsero in lungo e in largo la campagna sul biroccio del veterinario; visitarono due o tre fattorie, dimentichi dei loro vestiti ordinati e delle scarpe inadatte alla polvere dei campi e allo sterco delle stalle. Vennero riconsegnati a mezzogiorno e ad attenderli c'era Alphonse.

32.

Li tirò giù dal biroccio, facendoli volteggiare ben distanti dal suo naso e, con un tono tra il disgustato e il divertito: «Puzzano come capre! Se non fate in tempo a lavarvi, non mangiate con me oggi, chiaro?» Poi, rivolto al veterinario ancora seduto a cassetta: «Non so lei in che condizioni sia, comunque se le basta una lavata di mani, può fermarsi con noi. Dico ad Agnès di mettere un piatto in più. Se si accontenta...» e lo guardò in tralice, l'oro del volto acceso dal sole che lo abbagliava e gli faceva socchiudere gli occhi.

Alphonse Courrier era davanti alla porta di casa, stava invitando un vecchio amico a un pranzo informale, secondo una consuetudine antica tra loro; ma agli occhi e alle orecchie dell'altro tutto appariva alieno. Oltre quella porta che la persona di Courrier occupava stava l'incognita: la donna che per anni, amabilmente, aveva di tanto in tanto preparato anche per lui i suoi manicaretti, la donna di cui aveva teneramente amato i figli come fossero i suoi, colei il cui fascino distante lo aveva soggiogato e ridotto per anni a un silenzio ammirato, doveva per forza portare ora i segni di un mutamento cosmico, che lui, il vecchio veterinario, non avrebbe sopportato di leggere, non in presenza di suo marito.

« Allora? Agnès sta aspettando una risposta. »

Gli venne il sospetto che Alphonse lo stesse sfidando; metteva in campo quel nome quasi fosse una cosa qualunque. Il rivale (ecco il nuovo volto di Alphonse) lo attirava in un gioco perfido, sapendo di averlo già in pugno. Ebbene, se era un uomo, se lui con i suoi quasi sessant'anni era un uomo, quel gioco lo doveva giocare.

Scese dal biroccio che aveva le gambe pesanti di un vecchio e l'ansia di un adolescente. Entrò.

Tra dentro e fuori c'è, naturalmente, un passaggio di luce, e nel buio che lo avvolse dopo il sole, nel varcare la porta, il pover'uomo riconobbe il segno del suo smarrimento.

Ed eccoli a tavola, tutti e tre per la prima volta, e ciascuno all'insaputa dell'altro o degli altri, ad armi pari: ciascuno con una cosa da nascondere, una cosa di cui temere, una cosa per cui provare felicità. Tre singolari cavalieri arturiani, e si passi il paragone anche per la donna. La quale, lasciata in tutt'altro stato la mattina, si presentava ora nel pieno del fulgore: i capelli erano raccolti e puntati con le forcine, il grembiule candido che, quando si sedette a tavola, contrariamente al suo uso, slacciò lasciandolo cadere mollemente su una sedia e scoprendo una camicetta crème, ab-

176

bottonata fino alla gola e infilata in una gonna scura, dal colore indefinito, ma tale che il sopra fosse di sicura affinità con il sotto. Alphonse la guardò incuriosito, tuttavia non commentò nulla, non era nella sua natura indagare, pur essendo nella sua natura osservare tutto. Il veterinario ringraziò il cielo di quell'ordine neutro, dopo il disordine mattutino, che gli lasciava prendere fiato, mentre Agnès, sfidando se stessa e il proprio metodo, stava combattendo la battaglia tra l'euforia e lo sgomento.

Non aveva gradito l'invito incautamente rivolto da suo marito al veterinario; le tornò alla mente quel: «Vergine santa» con cui aveva chiuso il primo bacio vero della sua vita, e si domandò, inesperta, se era già il caso di dire «al suo amante». Scacciò il pensiero e le spiacque di averlo scacciato: in certi casi la percezione di una devianza dalla retta via, per quanto turbi la coscienza, genera una impagabile sensazione di ebbrezza. Le cose del resto andavano chiamate col loro nome o si correva il rischio di perderle; quel che le sfuggiva era il confine al di là del quale quel nome si applicava a ragion veduta. E poi? Varcato un tale confine, che terre ignote la aspetterebbero? A ogni buon conto, saputo che lui si sarebbe fermato a mangiare un boccone con loro, era corsa a cambiarsi. Mentre i bambini vociavano, lavandosi alla tinozza in cucina, aveva ripassato in un lampo le cose migliori che poteva mettere senza uscire dai binari di una certa normalità. Ma quale normalità, poi, se nella sua vita tutto era stato bruscamente interrotto e cambiato? Per farla breve, mise il vestito della festa senza nemmeno accorgersene.

Con molta delicatezza gli uomini, lo si accennava prima, non dissero niente; i bambini, i soli pericolosi in quel frangente, avevano altro per la testa finalmente, e altro per la lingua che sembrava la sola parte del loro corpo esente da stanchezza.

Alla fine di un pranzo poco brillante, mentre Agnès sbarazzava la tavola stando attenta a non macchiarsi, Alphonse tirò fuori un nuovo sigaro, lo offrì al veterinario e questi accettò.

«Come», domandò incredulo Courrier, «lo accetta? Ma non aveva smesso di fumare?»

«Visto che me l'hai offerto...»

«Io glielo offro sempre, e lei non lo accetta mai.» Guardò il sigaro con rammarico: era il penultimo e di solito faceva le scorte in città, andava fino a Clermont-Ferrand a prenderli.

«Devo dire che fumi roba buona, Alphonse», disse poco dopo il veterinario, aspirando con gusto. «È vero che mi fa male alla salute» – aggiunse quasi tra sé – «ma non è che per oggi, per una volta. Bisogna saper fare tutto senza esagerazione, fermarsi al momento giusto e non lasciarsi prendere dal vizio, perché il vizio non è più gusto, il vizio è malattia...» concluse pensoso la sua sentenza.

Courrier lo osservava, fumando a boccate piene: «Il fatto è che un sigaro tira l'altro, se ne accorgerà se comincia, è come con le ciliege».

Il veterinario sussultò su questo punto, avendo di suo tirato altre conclusioni sull'efficacia e sulla pertinacia del vizio. A sua volta Alphonse su questo punto represse un sospiro. Era venerdì, venerdì alle due; ad arrivare a sera mancavano ancora sette ore, circa. Ma contarle per lui era inutile.

La notte regalò al paese tre insonni. È vero, il veterinario era di un altro villaggio, ma come respingerlo da questa momentanea comunità notturna? La sua mente era lì, incuneata tra i due sposi che dividevano la medesima oscurità e stavano ben attenti ciascuno a non destare sospetto nell'altro. In merito, Alphonse Courrier era in netto vantaggio sulla moglie, perché lei non aveva mai sofferto di un tal male e si tradiva a ogni attimo; per esempio non aveva il respiro pesante, e si muoveva molto meno del solito nel letto. Temendo che voltarsi e rivoltarsi fosse segno certo d'insonnia, pareva inchiodata al suo posto, come di norma non le accadeva mai.

Quanto ad Alphonse, appoggiato sul fianco, le braccia serrate sul petto che chiudevano in un

179

guscio, annotava sulla lavagna notturna la sua solitudine. A dire il vero, la donna sveglia al suo fianco lo irritava; due indizi di disordine in un solo colpo, l'assenza di Adèle e la veglia di Agnès, erano troppi. Soprattutto quest'ultimo lo disturbava. I pensieri non sfuggono dalla testa, è indubbio, ma le pareti cerebrali sembrano più sottili a contenerli quando la prossimità fisica di un altro è così incalzante.

L'alba che filtrava dalle persiane sbiancò due volti dagli occhi ostinatamente chiusi, due corpi dalle membra un po' irrigidite, stesi su un letto che pareva appena toccato.

33.

Adèle Joffre, invece, si addormentò subito. Dormì e riposò di gusto. Finita la cena dei suoi fratelli, sbarazzata la tavola e lavati i piatti che erano appena le otto e mezzo, ebbe tutto il tempo per sé. Era vero che le succedeva di norma cinque sere alla settimana, ma questa era una sesta sera regalata. Sempre l'interruzione di una regola ha in sé qualcosa di positivo, qualunque ne sia la causa. La vita, così come doveva essere, si prende una libertà e svolta per una via diversa; foss'anche di pochissimo, di un'inezia, questa mutazione ha un peso. In concreto poi significa solo che il tempo ci vede dislocati in una posizione di lieve anomalia e a noi sembra allora di averlo giocato e spiazzato. È una piccola rivalsa, di solito senza conseguenze.

Successe anche ad Adèle Joffre, in quella sera di venerdì, quando scoprì di stare bene senza Alphonse; o meglio, scoprì il piacere di pensare a lui in un tempo in cui non avrebbe potuto farlo, perché averlo accanto a sé in carne e ossa glielo impediva.

Si lasciò andare a uno dei suoi sonni più intensi, presto, forse non era ancora del tutto buio e lei era già sprofondata nella pace. E sognava.

Nel sogno era la moglie di Alphonse Courrier, il commerciante di ferramenta, la madre di due bambini che non vedeva in faccia, ma di cui sentiva i corpi tra le dita mentre ne stringeva le braccia minute. E poiché in fondo non era altro che una donna di pochi orizzonti, il suo universo onirico si confinò in cucina, una cucina diversa dalla sua, né meglio né peggio: doveva essere la cucina di casa Courrier. Sognò di fare quel che per lui le era negato fare, cucinare nel pieno di una inimmaginabile luce solare e sentire il profumo delle carni che sobbollivano placide al fuoco del camino.

Di attimo in attimo la luminosità diurna si faceva più abbacinante e il calore invadeva il giorno, o forse la notte?, e il sogno fu per intero pieno di luce, una luce accecante, che balzava dalla finestra di quella cucina e la accendeva oltre la naturalezza del sole estivo. Le suonò strana lì la voce di uno dei suoi fratelli che la chiamava con insistenza noiosa, non voleva lasciarla in pace al suo compito, e alzava il tono ossessivo.

Aprì infine gli occhi che le bruciavano; la gola era arsa, e il fiato si arenava in qualche punto, non sgorgava; la voce le stava addosso e anche le mani di suo fratello Joseph, e la sollevarono di peso fuori dal sogno e fuori dalla sua stanza invasa da un fumo biancastro.

«Cristo, svegliati, Adèle, sta bruciando tutto.»

Ma come? Cercò di dirsi lei, la carne sul fuoco, il sole, il camino, la luce... e poiché tutto si confondeva, il suo stesso respiro non le ubbidiva più, Adèle rinunciò a capire, scivolò indietro, spalancò la bocca per niente. Tutto chiuso, tutto ingombro. Tutto finito.

34.

Un paese bruscamente risvegliato è polifonico. Alla dissonanza della campana dei pompieri volontari, un suono lacerante che scompose la quiete dell'alba, si accordò lo scalpiccio concitato dei passi giù in strada, le voci che si chiamavano e si urtavano confuse; e Courrier, dal suo letto di veglia, sentì con gratitudine che qualcosa era successo e gli era lecito scuotersi dall'immobilità e agire, abbandonando il faticosissimo talamo. Fu pronto in un attimo, agguantò gli occhiali e uscì. Anche Agnès era balzata a sedere sul letto, intorpidita dall'insonnia, poi ricadde sul cuscino: per chi non ne abbia l'abitudine, una notte in bianco è un martirio che lascia lo strascico di una malattia.

Saranno state le cinque e mezzo di un'alba perlacea di fine settembre del 1911. Coricata nel letto, finalmente sola, Agnès pensò con sollievo che, essendo suonata la campana d'allarme del paese, a lui, al veterinario, non era successo nulla di male. Abitava oltre la collina, era al sicuro dall'incendio e forse non gli era nemmeno arrivata

184

l'eco della chiamata a raccolta dei volontari. Messasi tranquilla su questo argomento, si concesse un pensiero di cristiana commiserazione per i poveretti cui era accaduta la disgrazia. Lei, di preciso, cosa significasse un incendio non lo sapeva; in casa sua si era parlato di un fatto simile, che risaliva a quando era ancora bambina. Anche allora era accaduto di notte e suo padre era corso in aiuto, ma non c'era stato molto da fare, era estate ed era letteralmente bruciato tutto. Adesso, nel fresco dell'autunno, il danno doveva essere per forza minore; più lo spavento che altro, e il trambusto. La campana non suonava più, passi più niente e il paese raccoglieva a distanza, tra le vie che facevano da imbuto, un rumore attutito di voci. Disse un Pater Ave Gloria, come raccomandazione al cielo, e dolcemente si addormentò.

« Alzati, Agnès, metti su un caffè, subito. » Alphonse era fermo nel riquadro della porta, però non entrava in camera, era livido e aveva la voce dura. Non ripeté il comando una seconda volta, ma rimase fin quando non la vide in piedi, poi le voltò le spalle e scese in cucina.

« Signore Iddio, cosa sarà stato? » si domandava Agnès col cuore in gola, mentre cercava di vestirsi. Qualcuno forse aveva parlato con lui, nella confusione della gente, e ora Alphonse era adirato come un dio della collera. Qualcuno che, non visto, il giorno prima, mentre il veterinario... « Signore Iddio » e il Pater Ave Gloria venne frettolosamente ridetto per una ragione meno nobile ma, le parve, più urgente.

«È stato alla falegnameria», le disse quando lei mise piede in cucina.

«Ah, dai Joffre?» fece Agnès tirando un respiro profondo. «E siete arrivati in tempo?» Intanto cercava il padellino e l'acqua, e si tirava i capelli indietro sulle tempie. «Il fatto è che lì avrà attecchito bene, tutta quella legna», osservò ancora lei per colmare il silenzio del marito. «Se n'è andato tutto il magazzino, eh? Una bella disgrazia, con quel che costa il legname.» Di nuovo silenzio e Agnès intorno alla stufa, più calma, più ordinata ad affrontare la laconicità di suo marito. «Occorrerà far qualcosa per quei poveretti, se gli è bruciata la casa», e scodellò il caffè in realtà ancora troppo chiaro per essere buono. Alphonse prese meccanicamente la tazza, sorseggiò e la ripose sul tavolo, allontanandola con la punta delle dita. Tirò fuori il sigaro mezzo fumato e lo riaccese.

«Vado a informarmi dopo, dalla Chinot. Qualcosa insieme decideremo per quei tre poveretti.»

«Due», precisò Alphonse.

«Cosa?»

«Lei è morta.»

«Quella donna brutta che vedevo in chiesa? Lei? Che cosa tremenda!» Agnès venne a sedersi di fronte al marito, curiosa e inorridita. Ma lui

186

fumava e non gli sfuggì una parola in più, solo un violento colpo di tosse che gli fece lacrimare gli occhi. Agnès considerò che doveva andare subito dalla Chinot; una cosa così grossa richiedeva una concertazione per essere affrontata: era un lutto di tutto il villaggio. Attese ansiosa che Alphonse si alzasse da tavola per andare alla bottega, poi corse di sopra a vedere se i bambini dormivano ancora, si pettinò bene, cercò uno scialle e uscì accostando l'uscio.

35.

CREDO che sia il momento di dedicarsi a lui solo, ad Alphonse Courrier. Che per la terza volta era stato giocato, o sorpreso, dalla vita e proprio quando la prudenza gli era stata al fianco e lo aveva indirizzato al meglio, secondo la logica umana corrente. La logica umana corrente per altro non lo aveva mai convinto del tutto, l'aveva anzi tenuta in seconda battuta nelle sue considerazioni e infatti ora, solo in bottega alle sette e mezzo del mattino, si disse che era colpa di Adèle, era stata lei a volere certe cautele, a non volerlo esporre al rischio delle voci di qualche pettegola incuriosita. Era stata lei. Lei che adesso, in qualche modo rimpannucciata dalle donne del paese con abiti presi a prestito, era coricata nel buio della chiesa, perché non c'era più una casa che la accogliesse.

Nel villaggio, tranne forse i bambini, non un'anima che dormisse. Le disgrazie hanno un che di eccitante, tanto più se non ci toccano di persona, e allora accendono un'operosità encomiabile. Ciascuno aveva fatto la sua parte e si ingegnava

di continuare a farla; lo vedeva Alphonse dall'an-
dirivieni sulla soglia della chiesa, lo sentiva nell'a-
ria satura di voci commiseranti. Poteva scommet-
tere che in tutta la giornata non avrebbe venduto
un chiodo, era come se fosse festa. E vide anche
sua moglie, più tardi e ben vestita, entrare a ren-
dere omaggio a una persona cui in vita non aveva
per nulla considerato di dover rivolgere la parola.
E così era di tutti; ma si poteva spiegare: proprio
quel non conoscerla li induceva ora a verificare di
persona che lei, proprio lei fosse morta. Bisognava fissarsela bene in mente prima di perderla per
sempre; era un recupero *in extremis* per non dover un giorno scoprirsi del tutto ignari di colei
che era stata per un momento il centro di una po-
polarità così vasta.

«Alphonse, dovresti cambiarti e andare in
chiesa a visitare quella poveretta.» Disse proprio
«visitare» e Alphonse assentì docile al suggerimento della consorte; non si vedeva perché lui
dovesse sottrarsi al dovere che nessuno rifuggiva.
«Resto io qui. Non preoccuparti, è solo per non
farti chiudere e dire se mai che torni tra un po';
va' pure subito.» La signora era entrata con i due
bambini, sconcertati dal gesto della mamma e in-
curiositi di rimanere con lei nell'antro del loro
padre, che senza una parola lasciò il banco, si
volse a guardare se qualche cosa non fosse in ordine, e uscì. Erano adesso le nove del mattino,
circa. Sabato, la vigilia della festa. Il giorno dopo,

c'era da immaginarlo, ci sarebbe stata una messa traboccante di gente, altro che Natale!

Si vestì come nei giorni di solennità, appunto, con l'abito nero del suo matrimonio. Poi, fino a mezzogiorno, sarebbe rimasto in bottega ben vestito. Aveva messo la camicia bianca che, considerò, rischiava di danneggiarsi con la polvere del bancone, nonostante le maniche della palandrana; ma di sicuro Agnès non avrebbe avuto niente da ridire in quel frangente a lavare una camicia in più. Uscì di casa e si diresse alla chiesa; indugiò un attimo davanti al portale semiaperto, lasciò passare la merciaia e suo marito che ne stavano uscendo, rispose con la stessa compitezza al loro saluto e sprofondò nel buio della navata, verso la luce di poche candele accese attorno al letto funebre.

Rimase ben poco in contemplazione del volto dagli occhi chiusi, giusto il tempo per considerare che in anni non l'aveva mai vista dormire.

Tornò e andò diritto alla sua bottega, dove Agnès aveva l'aria di stare sulle spine, richiamando di continuo i bambini che non toccassero niente. Lo accolse con sollievo e con approvazione per il vestito: «Preparo per mezzogiorno, oggi, e...» – aggiunse con un velo di imbarazzo – «forse dovrei pensare anche al tuo... amico, il dottore. Può darsi che voglia venire in paese questa mattina. Se lo vedi, può mangiare da noi, se credi...» Ma certo, Alphonse credeva. La lasciò

uscire, si liberò della giacca, si rivestì del grembiule nero, dalla cui tasca tirò fuori il sigaro che
aveva spento un'ora prima. Non trovava i fiammiferi e vide la sua mano tremare nello spostare
gli oggetti sul banco, tremava ancora nell'avvici-
nare al volto la fiammella. Poi, di colpo, le lacrime. A dire il vero non se le aspettava, non le
aveva mai provate prima, non che si ricordasse.
Non fece niente per contenerle. Erano una specie
di emorragia attraverso la quale intravedeva un
altro mondo, incerto nei contorni, attutito, perché quando si piange, si sentono meno i rumori
esterni.

36.

A RIGOR di bilancio, nel quadro dei segreti del paese la famiglia Courrier si manteneva costante: il giorno stesso in cui Alphonse perdeva un'amante, sua moglie scopriva di avere un innamorato. Non è detto che lo riamasse di uguale amore, ma almeno imparava a riconoscere, nel suo tramite, che segni desse una passione. La quale è comunque una cosa che non si butta via, quando la si riceve; e lei sapientemente la alimentò, regale nel concedere di essere amata, parca nel condiscendere a essere sfiorata tangibilmente dalle mani di quell'amore. Parca, cauta, ma non del tutto restia.

Era abitudine che Alphonse tutti i martedì e i venerdì, per ragioni sue, tardasse molto in bottega. Questi pertugi, soprattutto se garantiti dal metodo e confermati dall'esperienza, agli amanti clandestini fanno comodo. Lo sapevano sia Madame Courrier sia il suo innamorato, sebbene nessuno dei due, in tempi non sospetti, fosse mai andato a fondo di quella tale abitudine. Di fatto a volte, nelle coppie come nelle amicizie, si definiscono zone di non influenza; è bastato non chiedere una volta, per pigrizia o per sussiego, e un cono d'ombra si allarga sulla questione che, da lì in avanti, diventerebbe indelicato affrontare. Non se ne parla e basta; ed è, questo silenzio, il primo mattone di un muro che si edifica piano piano, solido però come l'opera di un capomastro esperto.

I soggiorni in bottega di Alphonse, la sera tardi, non erano mai stati oggetto di approfondimento, qualsiasi cosa ne pensasse la signora sua moglie. E, per inciso, quei soggiorni continuarono.

Continuarono dopo che i funerali di Adèle Joffre erano stati celebrati con solennità commossa, tra il compianto di tutti e il pianto dei suoi fratelli. Non uno dei paesani mancò all'appello per condolersi con i due rimasti orfani di colpo e per la seconda volta; la sfilata di strette di mano fu lunga e diffuse le promesse di aiuto per il futuro. Accanto ad Agnès, in chiesa, tra lei e i bambini, il dottore, mentre Alphonse era rimasto una fila dietro per essersi trattenuto un minuto fuori sul sagrato.

Era domenica e la settimana successiva sarebbe cominciata ancora nell'eco della tragedia e nella buona disposizione della gente a dare una mano là dove occorreva.

Anche Alphonse fornì dalla sua bottega quel che poteva servire ai due fratelli Joffre per rimettere insieme la loro casa e il magazzino, e andò di persona a portare il materiale. Non era stato mai a casa loro prima dell'alba dell'incendio e ci tornava ora richiamato da qualcosa di confuso, su cui non volle fermarsi; ci andò e basta, lasciò il suo carico e scambiò due parole con Joseph, quello che aveva tirato fuori la sorella dalla stanza invasa dal fumo. Le somigliava molto; Alphonse lo guardò bene in viso mentre questi, di pochi convenevoli, lo ringraziava dell'aiuto; poi alla sua domanda sul costo della roba rispose con un vago cenno della mano e senza che mezza parola accompagnasse quel diniego.

Tornò alla bottega e si mise dietro il banco ad aspettare. Dietro il banco era nel suo regno, e da lì, perfettamente a suo agio, lasciò che la mente si muovesse con agilità. A quel tempo lavorava ancora senza aiutanti.

Ebbene, per la prima volta, nel suo antro Alphonse Courrier ebbe la sensazione che lì dentro gli mancasse l'aria... ma non solo lì dentro. In tutto il paese mancava l'aria. Si ricordò di quando, poco prima di sposarsi, era andato a fare una scappata a Parigi. Per un francese la città è Parigi. Gli balenò l'idea di diventare parigino anche lui. Piantare tutto e andarsene. Gli balenò per un mezzo minuto. Cosa fa un ferramenta nella capitale? Apre una bottega; una bottega si affaccia su una strada, su un largo, ha di fronte altre case, gente che le passa davanti, pareti che si chiudono sulla testa. Tra il villaggio e Parigi per il venditore di ferramenta non fa differenza alcuna; per Alphonse Courrier, che ha il respiro corto nella piazzetta di paese, la città non è più salubre.

Cominciò a pensare ad altri orizzonti. Poi entrò il marito di Germaine; gli servivano le borchie per i finimenti del cavallo e buttò sul bancone la bardatura della bestia. Ci misero un certo tempo a risolvere la questione delle misure, entrò gente, e mentre aspettavano, in due o tre, i discorsi correvano da una cosa all'altra. L'incendio, il tempo che cominciava a farsi freddo verso sera, i due fratelli che stavano rimettendo insieme la casa. « Adesso almeno uno deve sposarsi per forza », si diceva. « Lei lavorava come una schiava per tutti e due. »

« Poveretta », cominciava il controcanto, « non ha proprio avuto niente. Brutta era brutta. Mai un divertimento, una buona parola, una compagnia, una volta che abbia ballato. »

« Un po' selvatica lo era anche lei, però; l'hai mai vista fermarsi a scambiare quattro chiacchiere? Dar retta a qualcuno qua in paese? Mia moglie lo diceva anche ieri, in chiesa. Per carità, ti dispiace, ma dire che ci accorgiamo che non c'è più... eh? » E il marito di Germaine, che aveva fatto la constatazione, si guardava intorno a cercare consensi. Aveva detto una cosa impopolare, forse, l'aveva detta troppo presto, nel mezzo delle emozioni fresche della gente. E la gente non

195

aveva voglia di perdere così subito un oggetto di commiserazione. Ecco perché l'audace si aggirava ora incerto tra gli sguardi dei paesani. Tanto più che lui era forestiero.

L'altro forestiero era il veterinario. Non era lì in bottega quel lunedì mattina, ma con Alphonse prima o poi dell'episodio avrebbe parlato. I cenni a tavola, il sabato dell'incendio, poi il pranzo dopo la messa, un pranzo rapido, perché la cerimonia era andata per le lunghe, compreso il cimitero, e Agnès aveva dovuto improvvisare un banchetto funebre senza grande apparato. Erano state parole generiche, ancora sotto l'influsso del momento. Comunque, prima o poi, in una chiacchierata tra uomini, la brutta morte di Adèle Joffre sarebbe venuta fuori.

Ad Alphonse l'aria mancava sempre di più.

37.

Martedì sera, seconda metà di settembre; è già buio alle otto. Il portale della chiesa è stato chiuso, la bottega di ferramenta, di fronte, è chiusa, non un filo di luce filtra dagli antoni. Nel retrobottega è accesa una lampada debole e il negoziante è seduto dietro il banco, in penombra. L'oro di cui di solito riluce è un po' appannato, la brace del sigaro meno intensa. Potrebbe essere ancora un bel Rembrandt sotto un vetro poco spolverato.

Seicento metri in là, nel vicolo, la porta di casa Courrier è chiusa; i bambini dormono al piano di sopra, giù in cucina, Agnès Courrier è seduta e cuce tranquilla. Ha riordinato la tavola, lavato i piatti, scopato il pavimento dalle briciole della cena. La casa è uno specchio in cui lei contempla la sua virtù e intanto tiene d'occhio il camino che non perda calore.

«Avremo un inverno duro quest'anno. I cani stanno mettendo su una quantità di pelo. Ne occorrerà di legna...»

«Alphonse ha già fatto una bella scorta. Non abbiamo mai avuto da preoccuparci.»

«La vostra casa è calda sempre, è vero. È anche la posizione, tutta chiusa dentro dalle altre case, il freddo fa fatica a passare i muri.»

Non occorre dire, mi sembra, chi sia lì a conversare con Agnès in questo martedì settembrino insaporito d'autunno. L'amico di Alphonse Courrier, il veterinario, il dottore e adesso, per la signora Courrier, François. Probabilmente da anni nessuno più lo chiamava per nome. Da lei per ora aveva avuto solo qualche bacio più trascinante, qualche momento di abbandono e, soprattutto, il nome. Un battesimo che gli valse una rinascita. Adesso aveva da percorrere i tempi dell'adolescenza al fianco della sua innamorata e aspettare la maturità del loro amore, quando anche lei sarebbe stata pronta e senza più riserve. È vero che certe agilità dell'adolescenza le avevano perse entrambi e misero nel conto una gestazione più lunga; ma aveva anch'essa un suo fascino, covato in quell'ultima remora nel non voler subito passare la misura da cui non si torna, se non del tutto cambiati. O almeno così credevano loro, nella poca se non nulla esperienza in merito.

Per contro la lunga esperienza di Courrier, che stava ora da solo nel semibuio della bottega, avrebbe cominciato a dar loro qualche conferma, se avesse potuto. La vita lo aveva beffardamente giocato di sponda: questo stava considerando

Courrier, lo aveva incastrato sotto un argine angusto da cui vedeva sì e no due cose e gli aveva fatto credere che fosse il panorama più largo della terra. Il fatto era che a quel punto non gli pareva di essere interessato a vedere altro. Parigi l'aveva scartata, il mare non lo aveva mai visto, e allora? Conosceva benissimo l'acqua dei laghi nelle bocche dei vulcani o il fiume. Il mare era solo altra acqua. Un'altra donna, per esempio: un'altra donna non era Adèle. Le considerazioni gli sgorgavano dal cervello con la naturalezza delle cose ovvie; ovvio che Adèle fosse stata la sua vita.

Si tolse il sigaro di bocca, scosse la cenere sul pavimento e la sparse vellicandola con la punta della scarpa.

Alle nove e mezzo, circa, ora tarda perché un uomo fosse ancora il solo ospite nella casa di una donna sposata, il veterinario si alzò a fatica dalla sedia di cucina, accompagnato dallo sguardo di lei: « Domani Alphonse sarà a casa, se vuoi venire gli farà piacere ». A lui, ad Alphonse, mentre lei si sarebbe goduta il suo segreto: Agnès stava scoprendo il gusto di adocchiare da dietro le quinte, di ricevere messaggi cifrati fatti di onde di calore segreto. E le piaceva molto che Alphonse ne fosse ignaro testimone. Domani François sarebbe stato il signor dottore e si sarebbe alzato in piedi a salutarla, quando lei, ad una certa ora, li avrebbe lasciati soli, a parlare tra uomini.

38.

Due uomini soli rappresentano lo stadio più antico della comunicazione. Chiunque essi siano, anche al loro primo incontro, ritrovano la confidenza animale delle origini del mondo e parlano, se vogliono parlare, la lingua più remota che si conosca nel codice umano.

Alphonse e il suo amico, il veterinario, sono seduti al tavolo di cucina di casa Courrier. La brace del camino è stata ben disposta da Agnès prima di lasciare alla loro serata i due; e ora lei è uscita di scena con la certezza di non esserne facilmente accantonata. La brace del camino cui ha dato l'ultimo tocco la deve rappresentare agli occhi del suo innamorato, davanti al quale ha anche abilmente lasciato scorrere la leggerezza dei suoi movimenti. Era diventata infatti più agile, se n'era accorto anche il marito, perché certe trappole non si tendono per un'unica preda. Ma di ogni preda la tagliola lacera membra diverse: al veterinario riaprì la ferita recente, mentre nell'altro l'immagine presente della donna si confondeva

200

con una memoria sempre più invadente. Anche la sua casa mancava di aria.

«Meglio il vino dei liquori, vero?» domandò Alphonse all'amico. Ne versò molto, fino all'orlo del bicchiere, e lasciò scivolare giù la goccia di troppo, incurante della tovaglia.

«Inverno duro, vedrai, Alphonse; avrò i guai miei con le bestie da qui in poi. Ma sono contento, fin quando si lavora... e del resto lo sai anche tu. Tu lavori molto.»

Alphonse staccò le labbra dal bicchiere: era un amichevole richiamo, era una constatazione, era un complimento? Era, lo sappiamo noi, un'indagine. Ma non c'era nessuna intenzione subdola, nessuna voglia di insinuare; solo il bisogno di sapere per non farsi, all'occorrenza, del male per niente. L'illeggibile logica dell'amore è molto diversa da quella del tradimento. Una scintilla illusoria anima il primo sorgere di una relazione ed è la certezza di non rubare nulla a nessuno, poiché chi dà è padrone di dare e, se lo fa generosamente... Argomento confuso, da qualunque parte lo si guardi, e argomento su cui raramente ci si diffonde, perché alla lunga è penoso. Chi ama non ha in mente che un suo sordo dolore-piacere nel quale scorda tutto il resto. Se ne ricorderà poi, come rimorso; comincia allora il tradimento. Al momento attuale il veterinario avrebbe voluto che il suo amico Courrier capisse e conoscesse quel passaggio di vita che gli si scaldava dentro.

201

Ma come poteva essere Alphonse uomo da capire cose simili? Questo credeva ragionevolmente l'anziano dottore; ed era un legittimo istinto di difesa a convincerlo che chi aveva posseduto prima di lui l'oggetto del suo desiderio non ne avesse capito del tutto la portata.

«Lavoro il giusto, come tutti», rispose Alphonse e, alla luce della lampada, lasciò vedere una faccia lievemente segnata dalla traccia degli anni. Poi tornò a pescare nel bicchiere con avidità.

«Una bottega è una responsabilità, ragazzo mio. Mi accorgo che tu in anni l'hai saputa portare avanti al meglio. Sei stato in gamba a inventartela dal niente. Le hai sacrificato il tuo tempo. Bisogna averci il bernoccolo. Io gli animali e tu...»

«E io i chiodi», completò Alphonse, e qui la voce cominciò a segnare il passo. «Lo sa, dottore, che non chiudo occhio da... da notti e notti? Lo sa?»

«Per via della bottega?»

Scoppiò a ridere, Alphonse, e li chiuse questa volta per un secondo, poi li riaprì pieni di lacrime.

«Mi fa ridere, dottore, si immagina che un uomo della mia età e del mio carattere non dorma per la bottega? E pensare che lei mi conosce, lo sa che in quello non ci lascio il sonno.»

«Alphonse, sei malato? Se è così, non perdere tempo, tira fuori quello che senti, vai da un medico. Hai la responsabilità di due bambini, tu.»

«E una moglie a carico, che ho giurato in chiesa di mantenere fino a che morte non ci divida. Morte non ci divida!»

«E allora, cosa aspetti?»

«Ma sto benissimo. Solo che non dormo. Non c'è ragione di dormire.»

«C'è una ragione fisiologica, caro mio, e tu non sei diverso dagli altri in questo. Non dormi per un po' e cominci a perdere le forze. Cominci a essere meno lucido. Già il discorso che mi fai adesso è poco lucido e non te ne accorgi. 'Non c'è ragione di dormire'! Ma ti sembra sensato? Alphonse, cos'hai?»

La domanda era trepida, involontariamente. Nel suo tramite scorrevano due vene, quella della vecchia amicizia tra i due e quella della nuova passione. Courrier si riaffidò al bicchiere, alzò sull'altro uno sguardo stanco, dove l'azzurro delle pupille era però smagliante. Poteva essere febbre o chissà quale altra diavoleria. «Penso che sia l'età. A lei non succede? Dicono che invecchiando si dorma meno.»

«Hai quarantaquattro anni, neanche tanti in fondo. E fino a poco tempo fa dormivi, di norma. O no?»

«Poco tempo fa... È quel poco tempo passato che vuol dire. Mica si diventa vecchi dalla sera alla mattina. Si comincia, a un certo punto. Devo aver cominciato a diventare dei vostri, credo... Mi scusi, ho detto una stupidaggine. Ma l'ho detta ormai.» La voce vibrava male, da ubriaco si sarebbe potuto pensare. Il veterinario si era irrigidito un attimo, il tempo di considerare che l'età è un dato soggettivo e lui non si era mai sentito più giovane di ora. E che il suo amico era turbato da qualcosa che, prima o poi, avrebbe finito col confessare.

«Mah, può darsi. In tal caso, benvenuto!» pensò di dover scherzare per sminuire la brutalità dell'affermazione di Alphonse e perché qualcosa in lui lo toccava nel profondo. Tanto che allungò la mano a rinfrancare quella dell'amico. Avevano un lungo inverno per parlarne e il veterinario pensò in quel momento che la sua vita si sarebbe divisa in due tra l'amore e l'amicizia, dentro le stesse mura, e niente contrastava in lui, meno che mai la considerazione che l'amico era il marito della sua amata.

«Lei ha mai provato cosa vuol dire un dispiacere per qualcuno?» La domanda di Alphonse era confusa e il veterinario l'ascoltò sconcertato.

«Ma sì. Tutti l'abbiamo provato; appunto non sono così giovane da non aver mai passato... Ma cosa vuoi dire?» Perché qualcosa voleva dire, e il veterinario si sentì di colpo allertato. Un dispiacere per qualcuno: quale dispiacere? Per chi? Per sua moglie che non lo... Vergine santa! aveva sussurrato Agnès la prima volta che lui l'aveva baciata.

«Quale dispiacere, Alphonse?» Al pover'uomo sembrò di dover affrontare una resa dei conti e, se doveva essere, che fosse subito.

« Io, in fondo, dottore, devo essere stato grato, in vita mia, a due donne, a quella che mi ha messo al mondo e a quella che mi ha preso dentro di sé, la prima volta. Le ho perse tutte e due. »

« Cosa? » Come, due? si chiedeva il dottore, sua madre era morta anni fa e Alphonse aveva sopportato benissimo il colpo. E ora? Era di sua moglie che, velatamente, gli parlava. La vita non si sarebbe affatto divisa in due, tra amicizia e amore; la vita tracollava davanti a lui. Era irreparabile.

« Senti, Alphonse », stava cominciando il veterinario, che era un uomo onesto.

« Ma no, ma no. Parlo a vanvera. Non si preoccupi. Passa tutto. Ho avuto l'impressione, in queste notti che non dormivo, di dover andare via. Anche qui, adesso, mi manca il fiato. Mi è rimasta questa ossessione, che non respiro più nemmeno io. »

« Alphonse, chi hai perso? » Piano piano, come una cortina di fumo che si alza e libera la vista, il veterinario ebbe davanti a sé un paesaggio sconvolgente. Alphonse non gli rispose.

39.

CONDIVIDERE il dolore di un altro è un atto di generosità e, per essere generosi, bisogna essere liberi, liberi in prima istanza dai dolori propri. Prendiamo il caso di Courrier e del suo amico, in una notte di fine settembre del 1911, quando uno dei due era lacerato da una desolazione fin lì sconosciuta alla sua esperienza e l'altro, alleggerito di colpo di una paura, lo guardava senza distogliere un minuto gli occhi dalla ferita che solo un attimo prima ignorava. Nel veterinario, svanito ogni egoismo, volatilizzata ogni preoccupazione di sé, non rimaneva che la compassione sconcertata per l'amico. Poteva capirlo perfettamente, perché lui che, Dio ne scampi, avrebbe provato le stesse cose, ora non le provava, non gli toccava di provarle; e sentirle nella voce rotta dell'amico gli mosse dentro un'emozione potente e gratuita. Era come essere a teatro.

« Come potevo immaginare che tu... Ma, e tua moglie? » La domanda ebbe un effetto di ritorno; nel formularla il veterinario aveva scisso Madame Courrier da Agnès, senonché le due entità si erano ricomposte di colpo nella sua mente e la donna che egli venerava gli balzò davanti. Tradita. Prima di considerare il valore di un precedente che alleggerirebbe la coscienza dei due nuovi amanti, lo folgorò l'indignazione. Poi all'indignazione si affiancò la compassione d'amore, ora che sapeva anche lui e poteva comprendere. Indignarsi e comprendere.

Alphonse al momento aveva altro da pensare che osservare i mutamenti repentini nel volto del suo interlocutore.

«A mia moglie non ho fatto mai mancare niente, nemmeno i figli. Non le ho mai lasciato immaginare, sospettare niente, non ha avuto da me nessun dispiacere. Lei è stata contenta, è contenta così; ha una casa rispettabile, due bambini che le somigliano. A me non somigliano neanche un po'. Penso io a tutto e a lei lascio di essere signora qua dentro, come io sono signore nella mia bottega. E che signore sono stato!» Rialzò la testa, da sovrano in esilio che sente ancora spiritualmente la corona sul capo.

Il veterinario si passò la mano sugli occhi, perché in un lampo grottesco quella corona di Alphonse prese un aspetto meno nobile.

«Tutto cambia, amico mio», gli disse, traducendo in sintesi la sua visione. Tutto cambia e il signore di poco prima era adesso un relitto. La donna tradita rinasceva nel desiderio di un altro.

«Comunque, caro dottore, io sono stato un

uomo felice.» In quanti potevano dirlo con tale sicurezza? E pur nel cuore del suo turbine passionale, il veterinario non poté nascondersi una reverente invidia. Lo aveva creduto sì un uomo felice, ma di un'altra, fredda felicità, e lo ritrovava invece ben al di là dei confini che egli per se stesso stava ancora pensando di dover varcare.

«Mi dispiace, Alphonse. Posso immaginare quel che provi; sei stato abile a nasconderlo. A nascondere tutto, voglio dire.»

«Abbiamo avuto fortuna, per anni. Oppure in qualche modo doveva essere una cosa legittima, no? Se no si sarebbe saputo.» Il veterinario lo ascoltava attento: un tempo quello si sarebbe chiamato il giudizio di Dio.

«E ora, cosa farai?» La storia di Alphonse si congiungeva qui pericolosamente con quella del suo vecchio amico, poteva diventare un intralcio involontario; perciò la domanda aveva adesso ben più emozione e trepidazione.

«Quello che ho sempre fatto. Non cambierò di un passo le mie abitudini. Non ho altro modo per salvare la memoria di Adèle, caso mai... Ma poi non è quello. Nessuno, tranne lei ora – ma su lei conto come su me stesso – andrebbe mai a immaginare. Vi sembrava a tutti che fosse troppo brutta per essere... amata!» E gli venne da ridere davvero, tra l'umore che non era ancora lacrime e le lacrime che parvero di allegria. «Continuerò a chiudermi in bottega il martedì e il venerdì fino a

tardi. Come ho sempre fatto. Da solo. Adesso ri-
marrò lì da solo e mi troverò delle cose da fare.
Tutti avete sempre pensato che di lavoro ne aves-
si fin sopra i capelli. Non mi mancherà adesso. È
probabile, a ben guardare, che ne abbia in arre-
trato. Sa cosa mi sta venendo in mente? » – lo
guardò di sbieco, a occhi socchiusi – « Di ingran-
dirmi. Allargherò la mia bottega. Da qui in poi
diventerò un uomo ricco. Se prima guadagnavo
cento, adesso sarà trecento. I miei figli non avranno pensieri per tutta la vita... » Si accese il sigaro,
lo aspirò bene, tossicchiò e scrutò di sottecchi la
brace rossa. « Ho quarantaquattro anni; a cinquanta sarò arrivato! Sa cosa vuol dire 'arrivato'?
Che toccherò la riva, la terra, caro mio. »

Il veterinario lo lasciava parlare stupito, con la
sensazione che la mente di Alphonse delirasse di
denaro per soccorrere un dolore che altrimenti
non sapeva contenere. Gli occhi del bottegaio
erano però vivi, luccicavano d'azzurro, la voce
franca. Così presto trascorrono le passioni uma-
ne! si disse il più vecchio con amarezza; nemmeno il tempo di assistere allo struggimento di un'a-
nima e questa rinasceva dalle sue ceneri spiazzan-
do lo spettatore; come passare dal dramma al
vaudeville in un'unica serata!

Si separarono i due uomini. Ciascuno tornò al
suo affanno e quello di Alphonse non fu meno
doloroso dopo l'impennata che pareva avere rovesciato le carte in tavola. Salì le scale lento, si

spogliò al buio per non svegliare la moglie, si abbandonò nel letto, sotto le coperte ben tirate. Tanto non avrebbe dormito.

L'altro, sul biroccio, attraversò al passo la collina e si lasciò inghiottire dalla notte.

40.

DAL 1911 a tutto il 1917 in apparenza non successe nulla di rilevante. Scoppiò una guerra, ma in casa Courrier non portò mutamenti di sorta. I ragazzi erano al di sotto dell'età di ferma militare e lui, Alphonse, troppo avanti negli anni per correre rischi. Nemmeno economicamente la guerra incise su di loro, parve anzi, ma questo accade spesso, che rinforzasse gli affari del commerciante e gli desse una mano, del tutto involontaria, nella scalata al denaro che una sera di settembre alle orecchie allibite del veterinario era parsa quasi blasfema.

A volte l'anziano medico ci pensava ancora. « Un uomo che abbia profondamente amato », si diceva, « non può scivolare verso la ricchezza con questa determinazione, rialzare la testa subito dopo che un maglio simile gli è caduto addosso. Se Agnès fosse morta, io... morirei anch'io. » Ecco quello che aveva sentito in cuor suo il veterinario; e scacciava e richiamava quell'immagine tragica per confermarsi nel suo amore. Alphonse era stato sempre un uomo freddo, e sicuro; certo che quella poverina soffocata così, nel suo letto, adesso gli mancava, fisiologicamente gli mancava. E allora il pensiero che a tale necessità fisiologica Courrier potesse, volendo, in fondo sopperire con la sua legittima consorte, lo sfiorava con disgusto.

In realtà qualcosa in Alphonse si era spezzato, come un osso che si frantuma nel corpo e solo i legamenti e i muscoli tentano ancora di connettere un intero che non c'è più.

Lavorò molto. Per qualche tempo i suoi occhi si fecero più cupi, la brace del sigaro era vigorosa, le mani irrequiete. Non gli bastarono le due sere settimanali che una volta dedicava all'amore; il denaro gliene richiese di più, e gli richiese più energia. Aveva sei anni per toccare il porto verso cui si era imbarcato: giocato a suo dire già troppe volte dalla sorte, sentiva che era il momento di serrare bene le ginocchia e stringere le briglie.

Tutto diventò un meccanismo ben oliato: il lavoro, la casa, gli amici che due sere alla settimana vedeva all'osteria e con cui commentava il mondo; il suo vecchio compagno di confidenze che, era evidente, preferiva le sere in casa, in una simulazione di focolare domestico, lui che non aveva nessuno, e intanto si dedicava con affetto ai due ragazzini, li accudiva e li osservava crescere; approvava il rigore materno e scuoteva la testa sulle loro piccole mancanze. Si era fatto carico di loro.

In qualche modo la confessione di Alphonse glieli aveva fatti sentire orfani.

Li portò lui, per la prima volta, in città, a Clermont-Ferrand, con Agnès vestita da viaggio, impettita sul biroccio che cominciava ad essere uno strumento antiquato. Lungo la via li superarono almeno due automobili.

«Prima o poi Alphonse ne comprerà una», commentava François e i ragazzi ridevano di eccitazione all'idea. Se no perché far tanto denaro?

La bottega si era, per così dire, approfondita. Il sotterraneo era diventato un magazzino fornito di tutto, gli scaffali vecchi erano stati trasferiti giù e il sopra rimodernato; due commessi avevano cominciato a essere presenti saltuariamente, salvo poi venire assunti per sopperire alle assenze del proprietario, che andava di suo a fornirsi del materiale.

Il paese vedeva crescere questa ricchezza senza stupore: Alphonse era uguale a se stesso in questo impegno; cortese con tutti, mai esplicitamente attaccato al denaro che gli passava tra le mani con abbondanza. Di fatto neanche dentro di sé la ricchezza lo attraeva davvero; era uno strumento necessario ad un suo progetto. E questo sarebbe parso strano ad una società che aveva già fatto del denaro un fine. Talmente strano che a nessuno venne in mente questa ipotesi. Nemmeno ad Agnès. Godeva del benessere che suo marito le procurava, godeva della vista di due figli che cre-

213

scevano sani, aveva la coscienza quasi del tutto limpida. Certo, una volta, anni addietro, aveva ceduto un momento a una passione, una passione altrui, perché a lei era stato dato solo di vederla e non poterne provare dentro che l'ombra di un calore bruciante. Si era lasciata amare dall'uomo che ora le stava accanto come un nume tutelare, ma l'amore non era nelle sue corde più profonde. Bisogna esserci, per così dire, versati, e ad Agnès, una volta arrivata al dunque, sembrò invece sconveniente, imbarazzante.

Una storia archiviata per certi aspetti, convertita in fedeltà e malinconia per altri.

Il paese non aveva idea di essere stato sfiorato da due clamorosi tradimenti: la storia del villaggio aveva camminato su argini fermi, con poche scosse. Ci si ricordava bene della volta che Germaine mise un abito rosso per un battesimo, e poi dell'incendio a casa Joffre, ma del volto della povera Adèle restava una memoria confusa. Qualcuno dimenticò anche la data.

Alla fine del 1916 la bottega di ferramenta chiudeva l'anno in forte attivo; i guadagni erano stati ripartiti in fondi per le forniture del negozio, in acquisti ponderati di terreni sul versante meridionale del villaggio, dove la resa agricola era sicura, in due case nel centro di Clermont-Ferrand. Poco dopo il suo compleanno, passate le celebrazioni per il 1917, benevolmente accolto nonostante fosse il terzo anno di guerra, a Courrier

214

giunse la proposta di diventare un uomo politico: i possedimenti a Clermont lo rendevano idoneo a una carriera dipartimentale. Rifiutò senza dubbi e senza complimenti, gli dispiacque solo leggere la disillusione negli occhi dei due latori del messaggio. Non gli era mai piaciuto deludere. La delusione fu ancora più forte nel cuore di Agnès, ma la signora la tenne per sé: da suo marito aveva avuto molto, questo era incontestabile.

L'inverno finì in una gran nevicata tardiva e la stagione dell'estate scoppiò inavvertita, troppo in anticipo sul calendario. Se ne lamentavano tutti, ma Alphonse aveva l'aria, nel fresco della sua bottega, di godersela come uno spettatore da un palco. A volte si affacciava alla porta e osservava la chiesa pesante, la piazza affocata, e i passi lenti dei pochi che dovevano attraversarla sul selciato bollente. Poi si ritirava e, negli intervalli tranquilli tra un cliente e l'altro, contava con metodo l'incasso, computava e paragonava con quello del mese precedente, dell'anno precedente.

Poco prima di Natale fece il consuntivo generale dell'annata e lo vagliò alla luce di quei sei anni di lavoro accanito: andava tutto perfettamente bene, i conti tornavano precisi, nemmeno a Clermont-Ferrand un negozio sarebbe potuto andare meglio, e nel dirselo ebbe un attimo di fierezza e di nostalgia.

Siglò il libro mastro, appose la data del 23 dicembre 1917, lo chiuse e si avviò verso casa.

41.

Lo TROVARONO la mattina del 27 dicembre. Aveva smesso un po' di nevicare. Lo trovarono nella sua bottega: aveva una mascella spaccata da un colpo maldestro di pistola e un buco netto più in alto, alla tempia. Non c'era molto sangue in giro, nessun segno di disordine, la pistola era al suo fianco, mentre a terra, dall'altra mano, era scivolato un sigaro spento.

Lo raccolse il veterinario, il primo a entrare nella bottega dal retro, il primo a vedere questa strana scena. Ad Alphonse non si erano nemmeno rotti gli occhiali. Fu tutto chiaro, al vecchio medico dei cavalli, tutto perfettamente leggibile. Solo, lo tormentò a lungo, ostinato nella memoria, il grido spaventoso di Agnès Duval, che campeggiava nello specchio della porta del retrobottega; non c'era modo di imporle il silenzio.

Sull'eco di quel grido scoppiò immediato, come una granata in un campo, il caso Courrier, e la sua risonanza misteriosa rimase a lungo nella fantasia degli abitanti del villaggio di Orcival, in Alvernia.

Maschere e segreti

di Giovanni Pacchiano

« Amare è permesso; anche amare appassionatamente, sempre a patto che si sia onesti. »

GEORGE MEREDITH

« IN letteratura è stato già scritto tutto; non c'è situazione che non sia stata affrontata, letta, archiviata. Abbondano anche le citazioni, i corsi e i ricorsi delle storie, come della Storia. »

Così, argutamente, nonostante, in questo caso, non compaia per nulla il pronome io, si profila l'onda lunga dell'io narrante nel romanzo della Morazzoni. Un io che non si afferma onnisciente né interviene nella vicenda per manovrare i personaggi come marionette (se mai, per osservare e osservarli; ma qui si tratta di una storia in cui tutti osservano, scrutano, guardano, o si rifiutano di guardare; e dunque perché non anche il narratore?), compare anzi a intervalli, per pagine e pagine tace, sembrando farsi trasportare dalla vicenda. Con aria svagata e come spuntasse fuori per caso, con semplici verbi o piccole frasi che, a prima vista, possono soprattutto avere funzioni di raccordo: « dicevo », « dicevo qualche riga fa », « capisco », « chiudo l'inciso », « non c'è bisogno che entri oltre nel merito », « mi sento di dire che », « credo che ». Allargandosi qualche

219

volta in un plurale maiestatis in realtà ancor più anonimo di quell'io che sovente viene sciorinato: «chiudiamo qui l'argomento». Salvo poi immediatamente ritornare alla prediletta cadenza in prima persona, di cui occorrerà dare qualche esempio completo: «Dalla sua bottega, dicevo, Courrier vedeva passare il paese». O: «Una volta, qualche anno prima, prima di sposarsi, intendo, Courrier aveva passato due giorni a Parigi». O infine: «Non vorrei, insistendo sul termine 'animale', parere irriverente». Ma avviene anche che sia scelta la strada dell'apparente impersonalità: «va detto», «va registrato». O: «Qui ci vorrebbe una bella descrizione del giugno alverniate». O ancora: «E ora un attimo di pausa per osservare nel complesso, se possibile, la situazione». Impersonalità fittizia, che parrebbe appartenere anche alle frasi sentenziose come quella citata in esordio.

Chi è, dunque, questo narratore colloquiale così volutamente discreto e tanto pervicacemente attento all'attenuazione (o intento nel suo gioco?), come se il suo intervento mirasse a togliere ogni possibile eccesso di enfasi a una storia dotata di tal fatale necessità da sembrar potere esplodere da un momento all'altro, chi se non un appartenente alla grande e variopinta ed eterogenea famiglia dei narratori popolareggianti alla Leskov (alti o umili che siano), che finiscono col confondere se stessi e chi ascolta, o legge, nel magma della vicenda?

Immergendosi appunto il narratore con risolutezza nel groviglio della sua – insieme – singolarità e coralità: ai due opposti, infatti, vi sono il protagonista, Alphonse Courrier, proprietario di un avviato negozio di ferramenta di fronte alla chiesa, nel villaggio di Orcival, in Alvernia – lui insieme alle tre donne, le tre Parche che hanno determinato in qualche modo la sua vita, tessendone, lui inconsapevole, il filo: Agnès, la moglie, Adèle, l'amante segreta, e Germaine, la strabica Germaine dalle «pupille che andavano alla deriva», l'attraente domestica del parroco, la quale stravede per lui non ricambiata, ma riesce a diventare la sua fantesca, prima in casa poi nella bottega –, e, d'altro canto, il paese. Che non fa solo da sfondo: eccolo, invece, onnipresente, oltre che condizionante la storia personale di Courrier, mentre la commenta (anche perché, ciò che lo sveglio Courrier ha capito bene, e il narratore con lui, «un paese è una struttura di condivisione, nel bene e nel male, comunque un luogo che partecipa, più ancora che un luogo dove si partecipa». Almeno, una volta succedeva così).

Narratore popolareggiante, dunque, il simulacro e il riflesso che l'autrice offre di se stessa, con magnifica capacità mimetica (in letteratura è stato già scritto tutto, è vero). Che, guardando dall'esterno – come un osservatore, un passante, un pettegolo, o piuttosto un aedo ispirato che parla in nome di una folla muta ma presente, oh se presente –, dà corpo e colore con vivezza e senza pietà alle figure e ai loro drammi (no, non c'è identificazione: *Monsieur Courrier ce n'est pas moi*).

Si diceva dei drammi. Perché, se è vero che tutto è già stato scritto, e che nelle pagine della Morazzoni troviamo l'aura delle atmosfere di provincia di Balzac (e, dello stesso, la determinazione maniacale di un personaggio nel conseguire il suo scopo), l'apparente freddezza di Flaubert e i vigorosi trasalimenti umani del troppo prolifico ma non disprezzabile, nel suo meglio, Maupassant, e persino l'ombra del provinciale ma modernissimo Faldella – con il suo paese ciarliero, e il medico, e il farmacista, tutti pronti a commentare, riferire, discutere, vivisezionare (l'avrà letto la Morazzoni? Giureremmo di sì, troppe le affinità di clima) –, è anche vero che, al di là di ogni possibile attenuazione, schermo, eccetera, *Il caso Courrier*, scoppiato «in modo del tutto inatteso nel 1917», è una grande storia d'amore e di gelo dell'animo e di morte. Velata, specialmente all'inizio, quando il lettore deve, secondo l'intento di chi narra, solo intuire – coltivare presagi, ma non sapere – da uno stile ricco di spezzature e minime correzioni di rotta, di «è vero», di «a pensarci» e «a ben guardare», «in

realtà »; e di « sebbene », « se anzi », « caso mai »,
« non... che » (un'ossessione di « non... che »), e
di « nonché » e « men che mai ». Segni, anche, di
possibile presa di distanza (ma è, forse, un altro
trucco), da parte di chi narra, dalla storia narrata
(« come dicono laggiù », esclama a un certo punto il narratore, fingendo di significare che, cari
signori, io non c'entro); intrecciati a una serie,
viceversa, di « dicevo ». Sino a, di frequente, scivolare dal piano dell'io al discorso indiretto libero (certo, il vecchio discorso indiretto libero ver-
ghiano), dove a parlare è il villaggio. Coralità.
Volutamente un po' becera. È cattivo qui il villaggio, per abitudine e per noia; e lo è la sua
esponente più autorevole nell'esperienza del pettegolezzo, Madame Chinot, la macellaia.

Un villaggio che non conta, di primo acchito;
dove non succede mai nulla, e persino la Grande
Guerra del '14-18 arriva con « una risonanza relativa ». Un paese che « non aveva in sé rilevanza
alcuna, non possedeva niente di notevole, tranne
una bella chiesa romanica ». Ma, nella figura re-
torica della *privatio* (« non »... « tranne »), è meglio preparato il grande evento: nemmeno la
guerra può scuotere il villaggio; neanche la chiesa
romanica gli può dare vero lustro; per contro,
anche Orcival avrà il suo momento di gloria,
colpito come una deflagrazione da quello che, a
posteriori, è stato definito « il caso Courrier ».

Va da sé che, in principio, il narratore imbro-

223

gli maggiormente le carte: qui si tratta di percorrere, nel corso della storia, diciassette anni, dal 1900, l'anno in cui Courrier apre la sua bottega, al 1917, e, impiegata la tecnica dell'*hysteron proteron*, il dopo-prima dei greci, di far solo presagire, in principio, che qualcosa di grosso è accaduto. Come è logico intendere che qualcosa di grosso succederà dopo i lunghissimi preamboli dei romanzi di Balzac, dove spesso viene descritto con puntigliosa minuzia l'ambiente, il *milieu*, in funzione non solo documentaria ma anche preparatoria e figurale. Quanto accade alla Morazzoni. Siamo qui in pieno realismo metà Ottocento (se non fosse per quello strano narratore che, ad esempio, precisando che «nel 1908 Courrier era un uomo di quarantun anni», si permette di aggiungere: «Per inciso, è l'anno in cui nacque mio padre», e addio certificato di autenticità), rivisitato e, appunto e ancora, attenuato dallo stile ironico di chi narra (ironia amara, col senno di poi). Realismo corredato da un parente non lontano, il ritratto pittorico, che diviene pura fisiognomica: ad esempio quando apprendiamo, e ne verremo informati più volte, che Courrier ha «occhi di quel ceruleo acuto, non sciapo come tante volte succede nei biondi dallo sguardo troppo chiaro», e «lenti cerchiate di un filo d'oro», e «l'oro di un cenno di barba corta e curata». Occhi «blu pervinca», «penetrante smalto», indagatori e irrequieti, restii a collimare con «l'azzurro quieto» di quella che più avanti diverrà la sua sposa, la bella e glaciale Agnès. Miss Perfezione, se ci è consentito definirla così: una che «aveva l'abilità di non spruzzarsi nemmeno quando lavava l'insalata», potendo altresì «cuocere il più difficile degli arrosti senza che una macchiolina la intaccasse». Vale per la «bionda e diafana» Agnès, che, invece, non ha «l'abitudine di guardare diritto negli occhi», e ha un unico difetto, «l'attaccatura delle gengive bassa», il vecchio proverbio «acqua di mare non ti fidare» (la citazione è nostra, non del narratore). Né, infatti, Courrier si fida. Occhi, per tornare invece a Courrier, che perseguono pacatamente un gioco mentale che lo intriga molto: «frugare nelle facce e nelle andature della gente e ritrovare copie e copie di quel che altrove aveva già incontrato». E lo fa per trarne una conclusione che nemmeno tanto implicitamente si estende al punto di vista generale del narratore, mostrando così la sua intenzione di offrirci un racconto esemplare: non è diversa l'umanità nella metropoli, Parigi, dove, s'è già detto, il bottegaio Courrier ha passato due giorni, qualche anno prima di sposarsi, da quella del piccolo villaggio dell'Alvernia; e di altrove e di ieri e di oggi. Il guazzabuglio del cuore umano, insomma.

Lecito arguire, partendo da queste premesse, che nell'aria di Orcival sia passato il vento di un elementare positivismo. Alphonse Courrier è uomo vocato ai programmi di vita: far funzionare bene il negozio e magari ingrandirlo; procurare benessere a sé e, in prospettiva, alla futura famiglia (arriveranno due figli); scegliere una moglie non sull'impulso dell'eros o del sentimento, né, tanto meno, di entrambi, ma, lui che è «un uomo di testa» e «un vero generale» che combatte battaglie, prefigurandosi quello che il villaggio vorrebbe. E, comunque, «una moglie ci vuole» e «per tante ragioni». «Non una donna bella, ma di bella presenza, che è una sfumatura più complessa e sottile.» Nei non pochi e ammirevoli tipi di ambiguità nello slittamento di voci sui quali è costruito il romanzo, è arduo dire, come qui, se stia parlando Courrier, col solito scivolamento del discorso in indiretto libero, o insieme a lui il narratore, o, ancora, insieme a loro tutto il villaggio; c'è solidarietà, e parimenti coincidenza di punti di vista, su questo tema, ma non certezza: il tono è troppo garbatamente apodittico per non nascondere ironie e sorprese (mentre si dovrà, alla fine, parlare dell'autrice Morazzoni e della altrettanto ironica maschera: il narratore, anzi, la narratrice, poiché chi parla e racconta usa il femminile). Si vedrà poi bellamente rovesciato, più in là, il vecchio cliché borghese, alla Zola, alla Maupassant, che vorrebbe l'amante esser più bella di una moglie di bella presenza o meno. A Courrier infatti capiterà tutt'altro... Ma l'Agnès Duval del villaggio accanto è, agli

226

occhi di Courrier, il modello di moglie ufficiale, essendo anche, oltre che di bella presenza, di buona salute, dunque non destinata a lasciarlo vedovo, ciò che l'uomo teme grandemente; non per altro, ma dovrebbe ricominciare da capo, e che fatica. Più tardi apprenderemo con una certa soddisfazione che la donna è piccolina di statura, o comunque meno alta e meno snella della sua potenziale rivale manifesta (la vera rivale, Adèle, resta sempre nell'ombra), la domestica Germaine, e che ha «certe piccole venuzze rosse che facevano mostra di sé sulle guance diafane». Ma a Courrier poco importa: nel suo programma non è compresa la ricerca dell'assoluto. Quanto all'amore, «sposarsi è una cosa seria; l'amore è del tutto inaffidabile, non contempla nei suoi parametri il concetto di durata», e Courrier vuol metter su famiglia così come si impianta un'azienda.

È insomma malato, Courrier, se così si può dire approfittando della psicoanalisi, di perversione logica. Ha deciso, cioè, nella vita, di voler sentire il dolore il meno possibile, e lo anestetizza controllandolo con l'onnipotenza: vuole scegliere una volta, e una sola, scartando la possibilità di imprevisti futuri. Ponendosi al riparo anche mediante la maschera di benevolenza che copre le sue già controllatissime passioni.

Tutti, in realtà, nel romanzo, portano maschere, come in un'allegoria medioevale. A volte, non solo genericamente metaforiche, ma vere e proprie maschere facciali. Così Agnès, il cui viso molto giovane, nel giorno del matrimonio, porta «la traccia latente del futuro di cui la bellezza del presente è una maschera debolissima». Sua madre, «seduta sulla panca in prima fila», in chiesa, sfatta dalla e nella vecchiaia, ne è infatti la prova vivente. Non bastasse, ecco Agnès, nel momento della scelta della madrina per il battesimo del primo figlio, quando apprende che la prescelta da Alphonse è proprio Germaine, abdicare alla maschera della «*mater matuta*» ridisegnando sul volto i tratti dell'arpia, già intuiti da Courrier nei primi tempi del loro matrimonio. Mentre, invece, la maschera di Courrier è «uno schermo eccellente» e ha un «rinforzo impercettibile» nella presenza degli occhiali d'oro, che gli danno una tranquilla sicurezza: guardare ed essere protetti dallo sguardo degli altri. Quando, per contro, la maschera dell'appetitosa Germaine (andrà detto che ogni galantuomo dovrebbe fare il tifo per lei) sta nel suo strabismo. Indirizzare altrove gli occhi rispetto all'oggetto della sua non esaudita passione, Courrier, che tuttavia si diverte a lusingarla e allettarla per aver modo di mettere alla prova la propria onnipotenza, le permette di avere meno chance ma anche di essere meno vulnerabile. E non c'è, del resto, metaforico strabismo anche nella stessa visione della vita di Courrier, lui che crede di guardare al centro del problema mentre è meticolosamente rivolto verso un obiettivo laterale, ossia il programma? Sfuggendogli l'importanza e la forza del sentimento che lega un'altra donna a lui, e da cui è legato... Solo igiene sessuale, ci risponderebbe, se interrogato.

Ma torniamo a uno dei punti principali del libro. Che consiste nel contrasto tra *nomos* e *physis*, legge – o costume – riconosciuta degli uomini, e legge della natura, un contrasto ben percepito da Courrier, ma non utilizzato in maniera emancipogena (chi, peraltro, dal e nel villaggio, potrebbe emanciparsi?), e evidenziato con ironia dal narratore attraverso massime apodittiche. Poiché in un sogno, s'è già detto, d'onnipotenza, che, in questa accezione, concerne non solo Courrier ma – se non tutto – la gran parte del genere umano (qui si salvano solo il mite veterinario innamorato perso della moglie dell'amico, cioè di Agnès, e la brutta, fedele, intuitiva e soprattutto rassegnata Adèle), sogno di onnipotenza e illusione di infinito, lasciando «una traccia somatica» del suo passaggio sulla terra, «l'uomo pensa di non essere transitato invano». Sposarsi e far figli, dunque. Prender moglie fa parte, quindi, di un patto sociale riconosciuto dalla comunità. E però, *natura non facit saltus*. Poiché l'incontro dei corpi non è un patto sociale e non si fa forte di approvazioni o consensi da parte di terzi. Stiamo parlando dell'intesa e della simpatia dei corpi. Perché la brutta, specialmente di viso, tozza, sgraziata Adèle, sorella e, in pratica, servente dei due umili falegnami del paese, con cui Courrier ha intrecciato una relazione segreta prima del matrimonio, che continuerà per anni e anni con regolarità due volte la settimana, dopo cena, nel chiuso della bottega, possiede una prerogativa che è negata all'algida Agnès (appartenente, secondo il marito, al genere «delle donne per così dire eleganti e poco audaci», «buone madri di famiglia» e le «migliori padrone di casa»); lei, Adèle, un disastro di donna, fisicamente, agli occhi di tutti – «la donna brutta che vedevo in chiesa», commenta Agnès, dopo la morte dell'altra, bruciata viva nell'incendio della falegnameria, alle cinque e mezzo di un'alba perlacea di fine settembre, anno 1911 – è dotata di un corpo che «andava d'accordo» con quello di Courrier. Mica poco. «Nel cammino della civiltà» chiosa il narratore «questo è pochissimo, anzi irrilevante. Ma nel cammino di un individuo qualunque che abita in un villaggio dell'Alvernia è molto. Sarebbe molto anche se abitasse in un'altra regione, a dire il vero!» Benché questo non incida per nulla sul progetto di Courrier: «l'intesa di due corpi non ha niente a che vedere con questioni di anagrafe, stato di famiglia, patrimonio...» Come se nel mondo ben strutturato del negoziante di provincia, sensato e agiato, riuscissero a bilanciarsi, fino a un pareggio puntualmente riverificabile ogni anno (le cadenze degli anni, scrupolosamente registrate, accompagnano infatti la trama), le colonne della razionalità e dell'irrazionale. Tenute in equilibrio, precario agli occhi del lettore, che in questa circostanza viene messo nella condizione di saperne di più dello stesso narratore, oltre che, ovviamente, di Courrier (malizioso stratagemma dell'autrice per spiazzare ancora una volta chi legge, come a voler dire che il narratore, così come lo forgia l'autrice stessa, conta ben poco), dall'esistenza, per il protagonista, di uno spazio mentale protetto e appartato, quello del «segreto». Ed ecco un altro punto capitale. Tutte le figure principali del romanzo hanno un segreto da nascondere, vissuto come un tesoro su cui poggiare la propria stabilità emotiva, anzi, la propria normalità; a partire, appunto, dallo stesso Courrier, che niente ha mai fatto trapelare della sua storia con Adèle. Così come Adèle è tenuta alla regola di un religioso silenzio in proposito. Ma è efficace, e sorprendente, in quanto apre una nuova via al romanzo, dilatandone la trama nonché la portata simbolica, la svolta determinata nella storia dall'attribuzione di un segreto – un privilegio che regalmente ma non senza trepidazione viene gestito dalla donna, un motivo di gioia e insieme di confusione e imbarazzo per l'uomo – anche all'altra coppia non legittima che, in parallelo al duo Courrier-Adèle, si va elettivamente formando nel corso del libro:

Madame Courrier e il suo innamorato, il vecchio (vecchio per allora: sessant'anni) veterinario del paese, François. L'unico, fra l'altro, con cui Courrier si confidi. Lui la ama, dapprima di nascosto; poi, un giorno, ci sarà anche un bacio, nulla o poco più, ma a entrambi può bastare: la collusione mantiene costantemente accesa la potenzialità di un adempimento sempre rimandato. Cosa aspettarsi, del resto, da una che non guarda negli occhi, e che non vuole scoprirsi per non abdicare al narcisismo della perfezione? Preferendo, invece, cercare di mettere a nudo, indifesi, gli altri; come quando rinfaccia seccamente al marito l'interesse di Germaine: « Tu la interessi, Alphonse ». Comunicazione, peraltro, anch'essa strabica: restando Agnès china sull'acquaio, senza cercare gli occhi, né l'animo, del consorte.

Il romanzo della Morazzoni, sotto apparenze ironiche o bonarie, è crudele nel fissare i personaggi nei loro *rictus*, mentali o fisici che siano. Come sonnambuli, essi vivono inconsapevoli della presenza di un destino incombente; e tale iato, via via esasperato per piccoli segmenti di esistenza, anno dopo anno costituisce uno dei punti di maggior fascinazione del libro. L'agnizione, avvenuta per Courrier nel dolce autunno del 1911, passa attraverso l'esplosione del dolore, apparendo allora il romanzo la storia, sotto questo aspetto ancora una volta potentemente balzacchiana, anche se in tono volutamente minore, di uno che s'è proposto ambiziosi traguardi e che, per difetto di visuale, ha perso ciò che veramente contava. Anch'egli, a suo modo, a posteriori, scosso dall'amore, quell'amore dimidiato ma tenace che, in precedenza, non ha saputo riconoscere.

Fa grande mélo, la Morazzoni, mentre arrivano, dopo la tragica scomparsa di Adèle, le lacrime. Dagli occhi avvezzi a osservare di Courrier, preparando strategie per il futuro, ecco «una specie di emorragia». Ma la coazione della perversione logica non può cancellarsi di colpo: passerà i successivi sei anni, Courrier, nel completamento del suo programma, prima del secondo atto umano della sua vita dopo il pianto: il suicidio.

Vale anche per la Morazzoni, s'è già detto, una maschera come quella del narratore. Non foss'altro per un criterio di spersonalizzazione che appare tipico della sua opera. Converrà dunque oscillare, nell'analisi, secondo la regola dell'ambiguità istituita dall'autrice, nell'incertezza dell'attribuzione a lei stessa o al suo doppio della prevalente (e, qui, coinvolgente) misoginia del romanzo. Come accade sovente ai grandi narratori-uomini dell'Ottocento sopra citati. E ci appare, oggi, la Morazzoni, nell'insieme della sua opera e nel raffronto con la narrativa del nostro tempo, una grande solitaria, un'isolata che ha affinità solo col passato e non si adegua alle mode della scrittura al femminile: non è nazionalpopolare, non è intimistica, non coltiva liricamente i propri ieri, né ostenta il proprio presente. E neppure cerca finte oltranze trasgressive o, tanto meno, sperimenta. Alla pari del villaggio di Orcival, è una monade, e come tale va considerata. Fa pezzi unici, e d'autore: il « caso Morazzoni », insomma.

Indice

Finito di stampare
nel mese di novembre 2005
per conto della Ugo Guanda S.p.A.
da La Tipografica Varese S.p.A. (VA)
Printed in Italy

LE FENICI TASCABILI
Periodico bimensile del 27.10.2005
Direttore responsabile: Luigi Brioschi
Registrazione del Tribunale di Milano n. 572 del 06.09.2004